目次

タミちゃん

店の外には、初秋にはいって、とたんに濃さを増した藍色《あいいろ》の闇が垂れ込めている。が、店内には、客たちが交わす会話と笑いさざめきにちょうど見合った程度の灯《あか》りがあり、心持ち黄色みを帯びた灯りが醸し出す温《ぬく》もりがあった。港区赤坂・トラットリア「ベヴィトリーチェ」の夜——、ふだんとほぼ変わりなく平穏で、ほどよい賑《にぎ》わいの感じられる晩だった。

自分の目の前に、穏やかな笑みを浮かべた真佐美ちゃんの顔があるのが、私には何となく不思議だった。小寺真佐美——、真佐美ちゃんは、埼玉県草加市のくるみ幼稚園時代からの友だちだ。家も目と鼻の先だったし、小学校も四年生の時まで、同じ松原第一小学校に通っていた。互いに当年とって三十五歳ということからすると、もう三十年以上のつき合いということになってしまう。そんな友だちと、こうしてお酒を飲んでいる不思議。

もちろん、ずっとつき合いが続いていた訳ではない。四年生の時、マリア製菓に勤める私の父が、草加工場から東京本社に転勤になって、うちは草加から引っ越した。真佐美ちゃん一家も、同じく父親の転勤で、その後一年ほど経ってから東京に引っ越した。以降、時々手紙のやりとりはしていたものの、実際に会うことは滅多になかった。最後に久しぶりに顔を合わせたのは……たぶん大学に進学した頃だ。

それが昨年の暮れ、赤坂の歯医者で偶然再会した。本当にばったりという感じだった。大人になりかけの時期に一度会っているから、私はすぐに真佐美ちゃんだとわかったし、真佐美ちゃんもすぐに私が典ちゃん——、木橋典子だと気がついた。

「わ、真佐美ちゃん。びっくり」

「典ちゃん。私だってびっくりよ。だけど、どうしてこんなところで……」

子供の頃の友だちだけに、十五年余りもの間会っていなかったというのに、会った途端にたちまち呼び方も昔通りの「典ちゃん」「真佐美ちゃん」だった。

聞けば、真佐美ちゃんは日本ユニコの赤坂本社に勤めているという。私はと言えば、アイリス化粧品の城北営業所勤務だったのが、二年ほど前に赤坂本社に転勤になった。

「そうか。今はお互い赤坂勤めのOLなのね」

「何か不思議なご縁という感じね」

幼馴《おさなな》染《じ》みや小中学校の時の同級生というのは、再会したばかりの時はいいけれど、そのうち互いに連絡を取らなくなり、再び関係が立ち消えになってしまうものと相場が決まっている。それまでの何年かの空白の時間の過ごし方がそれぞれ違うし、今現在の生活のあり方だって異なるので、次第に話が嚙《か》み合わなくなるからだ。

ただ、真佐美ちゃんとはちょっと違った。再会してから時々連絡を取り合っては、時にはこうして食事をしたり、お酒を飲んだり。たまたまだが、真佐美ちゃんと私は、これまで歩んできた道筋が似ていた。四大を卒業後、同じ会社に勤め続けている。会社では総合職で、いまだ独身で実家から勤めに通っているという目下の状況も共通している。おまけに勤務地が同じ赤坂。

もちろん、仕事や職場の話をすることもある。が、どちらかと言うと真佐美ちゃんは、思い出話が好きだった。そろそろ今の自分のありように行き詰まってきているから、話題を過去に求めるのかもしれない。明日のことなど思い煩《わずら》うことなく、一日一日を燃焼しきっていた幼い頃。

「そういえば、くるみ幼稚園では、私たち星組だったよね」

「そうそう、星組。月組もあったし……あそこ、名前だけは宝塚みたいだったね」

「あはは。ほんと」

ティオペペで乾杯をして、飲み物を白のハウスワインに切り替えた頃から、話はまた草加時代のことになった。話していると、芋蔓《いもづる》式にさまざまなことが思い出され、何だか過去にタイムトリップしているような気分になって、ちょっとわくわくすることもある。勤めてそろそろ十三年。真佐美ちゃんと同じだ。私も自分の現状に、ちょっと行き詰まりを覚えているのかもしれない。

「何だか婆臭《ばばくさ》い言い方になっちゃうけど、やっぱり生きてればこそよね。こうやって子供の頃の思い出話ができるのも」ワイングラスをテーブルに戻しながら、真佐美ちゃんが言った。「幼稚園のうちに死んじゃった子もいたものね」

「え？　死んじゃった子？」

「タミちゃんよ。覚えてるでしょ、タミちゃんのこと。くるみ幼稚園にいたタミちゃん」

真佐美ちゃんが、タミちゃんのことを話しだす。私のなかで、また過去へのタイムトリップがはじまった。けれども、いつものトリップとは何かが違った。目の前の真佐美ちゃんは話し続ける。真佐美ちゃんの口から繰り出される話を聞けば聞くほど、私の頭はどんどん混乱してくるようだった。じきに視界のなかの光景が歪《ゆが》みだし、ぐるぐるといやな眩暈《めまい》がしはじめた。

「真佐美ちゃん、やめて」

私は言った。懇願するような思いだった。

「え？　何？」

「その話、やめて」

「典ちゃん、どうしたの？　タミちゃんよ。まさかタミちゃんのことを覚えていないなん

ってば！」

てことはないでしょ？」

「覚えてる。覚えてるけど……その話、やめて。……やめてってば！」

どうしてしまったのだろう。いきなり私は真佐美ちゃんに、テーブルの小鉢のカポナータをぶちまけていた。鯛《たい》のカルパッチョもだ。真佐美ちゃんが、茫然《ぼうぜん》としたように自分の服に目を落とす。膝《ひざ》の上にはナス、トマト……クリーム色をした真佐美ちゃんのブラウスの胸には、オリーヴオイルやトマトソースだけではなく、細かく刻まれたパセリも一緒に張りついていた。それを目にして、真佐美ちゃんの顔がぐにゃりとひしゃげる。

「典ちゃん、どうして……」

無残にひしゃげた顔のまま、真佐美ちゃんが私を見る。周りの客たちも、ぎょっとしたようにこちらを見ている。

私は、今にも泣きだしそうな様子の真佐美ちゃんを置き去りにして席を立ち、「ベヴィトリーチェ」を飛び出した。

赤坂見附《みつけ》の駅へとひた走る。自分でも、何が何だかわからなかった。

1

私が住んでいた頃、草加は今では考えられないぐらいにいなかだった。家の周辺には当たり前のように田んぼや畑がひろがっていて、その周りを用水路が走り、小川が流れ、ところどころにある空き地には、子供の背丈など優に越えてしまうぐらいの雑草が生い茂っていた。道路もろくに舗装されておらず、赤土の道は雨が降るとどろどろにぬかった。遊び場も田んぼや畑、それに畦道《あぜみち》だ。春はシロツメクサを摘んで首飾りを作ったり、夏はまわりに溢《あふ》れ返るほどいる雨蛙《あまがえる》を捕まえたり、バッタを餌《えさ》にザリガニを釣ったり……冬は冬で刈り取りの終わった田んぼに積まれた稲積みを小屋に見立ててインディアンごっこをしたり……。

父の転勤に伴い、草加を離れて以来、私は一度も草加に行っていない。その後一気に開発が進んだというから、きっとあの頃からすると今の草加は、きちんと整備された明るい都会になっているに違いない。私がいた頃だって、製紙工場や製菓工場をはじめとする工場がいくつもあって、松原団地という巨大な団地があったことを思えば、よその地方都市よりも開けていたのかもしれない。

ただ、私たちのような、親が企業に勤める転勤族の家は、市の中心をややはずれた旧日光街道の手前あたりにあった。草加に工場を持つ企業が社宅として借り上げてくれるというので、地主が田んぼを潰《つぶ》して、急拵《ごしら》えで家や建物を建てたのだ。いわば即席の新興住宅地。お蔭《かげ》でと言うべきか、私たち家族は安普請《やすぶしん》ではあるものの、草加で戸建ての家に住んでいた。周囲何軒かは同じ造りの同じ形をした家で、父と同じマリア製菓の草加工場に勤める人とその家族が住んでいた。大家は周辺の田んぼの所有者である農家の老人。つまり、私たちは、土地の人間ではなく、よそからやってきて、いずれは出ていく人間たちだった。真佐美ちゃんにしてもおんなじだ。真佐美ちゃんの父親はプリンスタイヤに勤めていて、やがては東京本社に戻るという前提で草加工場にやってきていた。田んぼの先の道をひとつ隔てたところに、マンションと言うよりは箱型の団地のような建物があって、そこがプリンスタイヤの社宅になっていた。

近辺にはほかにもどこかの会社の社宅があって、転勤族の子供たちは子供たちで、学校や幼稚園が終わると田んぼや空き地に集合して、いつも一緒に遊んでいた。だから私たちは、余所者《よそもの》でありながら、マイノリティの悲哀を味わうことのないマイノリティだった。

「家の前の道を幼稚園とは逆の方に行くと、旧日光街道に突き当たったじゃない？　そのあたりに松並木があったの覚えてる？　たしか街道のまんなか。今で言う中央分離帯ね」

再会したばかりの頃、真佐美ちゃんが言った。刹那《せつな》、心がざわりと鳴った。私の脳裏に浮かんだのは、夕暮れ時の松並木だった。巨人の人影のように立ちはだかる松の木が、薄闇のなかで並んでざわざわと枝を蠢《うごめ》かしていた。

「日本橋から日光までの街道のうち、松並木が残っているのはあそこだけなんですって」

私の様子には頓着《とんちゃく》せず、真佐美ちゃんは続けた。「結構有名。だからきっと松原っていう地名にもなったのね。ネットで見たけど、今じゃ草加松原として保存されていて、きれいな遊歩道ができていたわ」

真佐美ちゃんも私同様、東京に出てきて以来、一度も草加には行っていないと言う。少女時代を過ごした思い出深い土地だというのに、私も真佐美ちゃんも一度も草加を訪れていないというのは、やはり私たちが通りすがりの旅人であり、あそこが通りすがりの町だったからだろう。

思い出深いのにさほど懐かしくはなく、それでいて心の原風景となっている町――、それが私にとっての草加だった。

2

あっさりしている、寛容だし飄々《ひょうひょう》としている……大概まわりの人間は、私について似たようなことを言う。

「ふつう、女の子って約束をすっぽかされたりすると、最低翌日ぐらいまではぷんと膨れて口を利かなかったりするじゃない？」真佐美ちゃんも言った。「なのに典ちゃんは、昔からそういうところまったくなかったよね」

聞くと私は、またか、と思う。私が恬淡《てんたん》として寛容そうに見えるのは、相手に期待をしていないだけのことだ。とりわけ女友だちに対しては。なぜなら、女の友情ぐらいあてにならないものはないと承知しているからだ。

「英語のテスト範囲、どこまでだっけ？――うわあ、サイアク。ぜんぜん暗記できてなーい」

中学の時の同級生、マコの得意の台詞《せりふ》だ。「勉強してない」「ついテレビ見ちゃった」「昨日も早く寝ちゃってね」……。それでいてマコは、いつだってどの教科だって、クラスで二、三番の点を取る。ことさらに勉強していないことを吹聴《ふいちょう》するのは、周囲を安心させて、気を緩ませるためのマコの策だ。

「嘘ばっかり。『マコは夜中まで勉強してるんですってよ』って、うちの母親が言ってたもん。マコのお母さんがそう言ってたって」

友だちから聞かされても、私はどうとも思わなかった。どうせそんなことだろうと思っていたからだ。

「理科！　どうしよう。まだ手もつけてなーい」

マコの情けなさそうな顔。かたや、テストを返してもらう時の、内心の得意さを懸命に抑えた微妙な表情。

ああ、タミちゃんだ、と私は思う。ここにもタミちゃんがいる、と。

高校にもタミちゃんはいた。いたどころか、まわりじゅうタミちゃんだらけだった気すらする。その筆頭がミッキだろう。

私の通う都立高校は東京都調布市にあり、冬場の体育の時間となると、校外の起伏多いコースでの持久走ということがよくあった。多摩川段丘の急坂や雑木林というロケーションが、橋口という男性体育教師には、持久力を養うにはもってこいのコースに思えたのだろう。でも、あれこそセクハラの最たるものだった。からだは、ちょうど少女から女へ移行する変わり目にある。今までまとっていなかった脂肪もからだにつけば、生理の質や周期も変わってくる。時として持久走は、女子生徒にとっては拷問だ。

「集合。今日はタイム測定!」

橋口は、こちらのからだの都合などにはお構いなしに、唐突にそんなことを言いだす。

「うわ、タイム測定だって」ミッキは私の腕を肘《ひじ》で突っつきながら低声《こごえ》で言った。「私、今日生理なのよ。本当は見学にしてもらおうかと思ったぐらいなのに」

「私も」ミッキに応えて私は言った。「今日は無理。私、絶対頑張れない」

「え、ノンタも生理?」

「うん、二日目。貧血起こしそうだからゆっくり行く。途中歩くかもしれないし」

「ほんと?」ミッキが目を輝かせて言う。「ノンタ、絶対ゆっくり行く?」

「うん。私、ビリでいい」

「よかったぁ! じゃあ、一緒に走ろうよ。二人ならドベでも恥ずかしくないもんね」

頷《うなず》きながらも、私は本当にはミッキを信じてはいなかった。案の定《じょう》ミッキは、走りだしてからたいして時間も経たないうちに、私を置いてけぼりにして、ずんずん前を走っていった。置き去りにしていく時も、私にひと声かけることはもちろん、ちらりと視線を振り向けることさえしなかった。目尻をつり上がらせ、歯を食いしばったミッキの紅潮した横顔。

ああ、タミちゃんだ、とまた私は思う。ここにもタミちゃんがいる、と。

ミッキはまんなかよりもやや上位あたりでゴールする。私は、べつにビリでいいという前言を守るつもりはなかったが、登り坂はのろのろ歩き、きっちりビリでゴールした。むろんミッキは知らん顔だ。私も何も言わない。どうせ女の約束は、破られるためにある。それにしても、何だってすぐに破るとわかっている約束を、あえて自分からするのだろう。

大人になっても変わらない。社会人になって久しぶりに電話を寄越したかと思えば、保険の勧誘だったり、選挙の投票の依頼だったり。もっとよくないのになると、マルチ商法まがいの勧誘だったり、ずばり借金の申し込みだったり。

電話で用件を切りだすのなら、まだ可愛げがある。が、「急に懐かしくなっちゃって」「会いたいわ」「たまには一緒に夕飯でもどうかと思って」……そんな台詞で人を誘いだしておいて、頃合いを見計らって切りだされた日には敵《かな》わない。

タミちゃん――、そういう時、彼女たちはみんな似たような顔つきをする。ちょっとこちらの様子を窺《うかが》うような光を湛《たた》えた小狡《こずる》そうな瞳。小鼻のあたりのひくついた空気。約束を反故《ほご》にしてとぼける時にしてもおんなじだ。視線をさりげなく逸《そ》らしての知らん顔。でなければ、「ごめん、ごめん」と、とってつけたような明るい笑みでこちらの言葉を封じ込め、後ろめたさを隠そうとする。みんなみんなタミちゃんの顔。

だけど、私はべつに怒らない。やっぱりね、と思うだけだ。はじめに諦《あきら》めありき。だから、たとえ裏切られたとしても、ぷりぷりもしなければがっくり肩を落としたりもしない。

初めて真佐美ちゃんと出逢った頃、――まだ三つか四つのほんの小さな子供だった頃は、私だってごくふつうの女の子だった。思い通りにいかないと、泣いたり拗《す》ねたりむくれたり……一方で、同じ社宅のみそのちゃんという三つ年上のお姉ちゃんが大好きで、「みそのちゃん、みそのちゃん」と煩《うるさ》くついてまわっていた。一時期は、くるみ幼稚園の加納京子先生にも夢中だった。

「典子ちゃんはお利巧さんで、本当にいい子ちゃんねえ」

「秘密よ。だけど先生、本当は典子ちゃんのことが一番好き」

京子先生に褒められると、それだけで、一日くすぐったいようなしあわせな気分でいられた。

きっと真佐美ちゃんは前のことは忘れてしまって、変わった後の私のことだけ記憶にとどめているのだろう。相手にこれっぽっちも期待することなく、はなから諦め、白けている私。

タミちゃんと出逢ってからだ。タミちゃん――、西村民子。

正確には、タミちゃんと街道を渡ってから、私は今の私になった。

3

タミちゃんは転勤族の子供ではなく、草加で生まれた土地の人間だった。

幼稚園で一緒の組になったのは、年長になってからのことだったが、その存在は以前から私も承知していた。

あまり大きくないからだ、おかっぱの髪。お仕着せのスモックを着せて黄色い帽子を被《かぶ》せてしまえば、ほかの子供と変わらない。それでもタミちゃんは目立った。なぜなら、その小さなからだには活力が漲《みなぎ》っていて、いつだって飛んだり跳ねたりと忙しかったし、きらりと光る目やきゅっと口角が上がった口もとはいかにも勝気そうで、顔つきにも特徴があったからだ。元気で活発と言うよりも、腕白と言った方が似つかわしいような女の子。

泥で汚れた薄水色のスモックを着て、箱型の二人乗りブランコを、得意そうに一人でびゅんびゅん漕《こ》いでいたタミちゃんを思い出す。次は誰、その次は誰と、ブランコに乗る順番を決めるのもタミちゃんだ。滑り台にしてもお砂場遊びにしても、遊び方や順番はタミちゃんが決める。仕切りたがり屋の小さな暴君。

とりたてて私がおとなしい子供だったということはない。とはいえ、よその子供と仲よく遊ぶことはしても、仕切ることなど思い及びもしなかった。タミちゃんと比べるなら、やはり私はずいぶんおっとりした子供だったのだろう。

小柄でどちらかと言うと痩せっぽち。腕力が強い訳ではない。言葉遣いはやや乱暴だが、口だけで相手を負かしてしまうほどに語彙《ごい》は豊富でない。にもかかわらず、周囲の子供たちは、なぜかタミちゃんに威圧されて、おとなしく従っていたところがあった。

私はと言えば、そんなタミちゃんを少し離れたところから眺めていた。自分や真佐美ちゃんたちとは違う世界に住んでいる子——、そんな思いが心のどこかにあって、近づくことがためらわれたのだ。恐れも多少は抱いていたかもしれない。泥まみれになることも厭《いと》わぬ活力、命令口調のもの言い、それにみそっ歯。タミちゃんの歯は、ところどころが茶色く虫に食われていて、歯と歯の隙間《すきま》があいていた。なのにまるで痛むところがない様子で、そのまま放ってあるのが私には不思議でならなかった。

そのタミちゃんが、なにゆえ私に急に接近してきたのか、今もってよくわからない。ちょっと妙な感じはしたものの、寄ってきたら寄ってきたで、私はタミちゃんとも遊んだ。

そのうちに、タミちゃんがある日私に向かって言った。

「家にカバンを置いたらうちにきな。うちで二人で一緒に遊ぼうよ」

私は目を見開き、それから大きく左右にかぶりを振った。

タミちゃんの家は、私の家を通り越した、旧日光街道の向こう側にある。当時の旧日光街道は、トラックやダンプの往来も多く、松並木を挟んだ上り下り両側の道路を、轟々《ごうごう》と音を立ててひっきりなしに車が行き交っていた。小さな子供にとっては車の大河。それだけに、ふだんから母も口を酸っぱくして言っていた。

「一人で街道を渡ったら駄目よ。街道の向こう側に行ったら絶対に駄目だからね」

それを言うと、タミちゃんはいくぶん不服そうに唇を尖《とが》らせた。顔色を窺うように、視線がちらっと私の上に走らされる。

「でも、私は毎日渡ってるよ」

「それは誰かと一緒にでしょ?」

「典ちゃんだって、私と一緒なら一人じゃないじゃん」

「だけど、帰りは一人になっちゃう」

するとタミちゃんはみそっ歯を剝《む》きだしにして破顔した。への字になった両目。

「帰りだって一緒に渡ってあげる。私、送っていくからさ」

私は、タミちゃんの誘いを断りきれなかった。やはりタミちゃんには、抗《あらが》いがたい何かがあったのかもしれない。それにもうひとつ。街道を渡るということは、私にとっては禁じられた遊びであり、心そそられる冒険だった。

幼稚園の帰り、私はカバンを置くとすぐさま家を飛び出して、外で待っていたタミちゃんと合流した。二人で旧日光街道の前に立つ。

「ほら、今だよ。渡ろ！」

車の切れ目を見て、タミちゃんに先導される恰好《かっこう》で手前の道路を渡る。途中、松並木のところで足を休め、もう一度車の切れ目を待ってから、タミちゃんの合図に従って次の道路を渡る。

母の言いつけに背いたという後ろめたさはあったものの、わくわくする気持ちの方が勝っていた。とうとう渡った。街道を渡った――。

二人で無事に街道を渡り終え、いざタミちゃんの家へ行ってみて、私は唖然《あぜん》となった。私の家にしても、安普請の小さな家だ。だが、タミちゃんの家は、それとも比べものにならないぐらいにみすぼらしくて、おまけにひどくちっぽけだった。汚れて煤《すす》けた壁板が剝きだしになった家は、子供の目にも家とは映らず小屋と映った。でなければ物置。

「上がんなよ」

招じ入れられた家のなかも、生活用品がごちゃごちゃと入り乱れ、雑然ととり散らかっていた。畳の部屋はひと間きり。そこで親子はお膳《ぜん》を囲み、夜になればふとんを敷いて寝るのだろう。畳の部屋の隣は土間になった台所と板の間――、その板の間にしても細くて狭い。棚の上の茶色に変色した鍋《なべ》、釜《かま》、おたま……。

「お母さんは？　いないの？」

「うん。出かけてる。お仕事」言いながら、タミちゃんはお菓子の缶の蓋《ふた》を開けた。「食べな」

なかにはお煎餅《せんべい》だかクラッカーだかがはいっていたが、私は手をだす気持ちになれなかった。缶のなかに手を突っ込んで、タミちゃんがポリポリとお菓子を食べる。

遊びだしても、何とはなしに落ち着かなかった。ぬり絵をしていてもお絵描きをしていても集中できない。タミちゃんのお母さん、早く帰ってこないかな——、心で私は思っていた。タミちゃんのお母さんが帰ってくれれば、この居心地の悪さから、少しは救われる気がしたのだ。

二人で家のなかで遊ぶうち、やがてタミちゃんのお母さんが帰ってきた。

「あ、お帰りなさい」

タミちゃんの声に、私も玄関口の方に笑顔を向けた。しかし、私の顔に浮かんだ笑みは、すぐに顔の上から消えていかざるを得なかった。

ちょっと太り気味のずんぐりとした体型。顔には色がなく、表情にも乏しい感じがした。表情があるとすれば疲れと不機嫌。顔に色が感じられなかったのは、まるで化粧をしていなかったせいかもしれない。全体に土気色をした太ったおばさんという印象だった。しかもタミちゃんのお母さんは私を一瞥《いちべつ》すると、鬱陶《うっとう》しそうに眉を寄せた。

「くるみ幼稚園のお友だち！」

元気よくタミちゃんが言ったが、お母さんは返事をしなかった。こちらに背中を向けて上がり框《かまち》に坐り込み、しばらくすると深い息をひとつついてから、大儀そうに狭い台所に立った。

真佐美ちゃんたちのお母さんとはまるきり違った。こんな時、真佐美ちゃんたちのお母さんなら、笑顔で話しかけてくるし、お菓子やジュースをだしてくれる。「今日は幼稚園で何して遊んだの？」「あら、この絵、誰が描いたの？　上手ねえ」……。

お母さんが帰ってきたことで、かえって居心地の悪さは増大した。お母さんは何も言葉を発しない。背中からはじわじわと、不機嫌が滲《にじ》みだしている。タミちゃんも、時々窺うようにちらちらとお母さんの背中に目を走らせて、俄然《がぜん》落ち着かなげな様子になった。

「──私、そろそろ帰るね」

頃合いを見計らって、意を決して切りだすと、「そうだね！」と間髪入れずにタミちゃんは言い、さくりと明るく笑って見せた。心底安堵《あんど》したような、それでいてとってつけたような笑みだった。「もう夕方だもんね」

苦行に堪えるような気持ちで過ごしていたというのに、思いがけず時間が経っていたらしい。外にひろがりはじめた夕刻の気配を目にして、私はにわかに慌てた。秋だ。暮れはじめると夕闇の訪れは早い。

「さようなら」

私がそう挨拶《あいさつ》した時だけ、タミちゃんのお母さんはちらっとこちらを見た。

靴を履き、玄関とも言えない玄関をでて表に立つ。二、三歩歩きはじめて、私は背後にタミちゃんがついてくる気配がないことに気がついた。振り向くと、にっこり笑ったタミちゃんが戸の前に立ち、ひらひらと手を振っていた。絵に描いたような万全の笑み。その笑みを、ほんの少しも崩すことなくタミちゃんが言った。

「バイバーイ。また明日ね！」

呆気《あっけ》に取られたように目を見開き、私はその場に立ち尽くした。え？　バイバイ？　バイバイ、また明日ね？――。

目をぱちくりとさせて突っ立っている私をよそに、タミちゃんはにこにこ顔でさかんに手を振り、「バイバイ」ばかりを繰り返す。

「民子！」

家のなかからタミちゃんを呼ぶお母さんの野太い声が聞こえた。するとタミちゃんは、これ幸いとばかりにくるりと私に背を向けて、野うさぎのようにひょいと家のなかに飛び込んでいった。

タミちゃんの姿が消え、ベニヤ板を張りつけたような木の戸がぴしゃんと閉まる。

ぼんやり立ち尽くしていても、めそめそしていてもはじまらない。そうしているだけの時間も私にはなかった。上からひたひたと降りてくるように、夕闇が私の頭上何メートルかにまで忍び寄ってきている。夕闇に肩を摑《つか》まれてしまう前に、何としても家に帰り着かなければならない。

本能のように、私は家に向かって走りだした。走りだした時には決心していた。街道を渡る。一人で街道を渡っておうちに帰る――。

4

街道に差しかかった時には、早くも夕闇が胸元まで降りてきていた。まだ完全には暮れていない。とはいえ、あたりはすでに薄色の闇に包まれはじめていた。

目の前を、轟々と音を立てて次々車が走り過ぎていく。トラック、ダンプ、乗用車……タミちゃんと一緒に渡った時よりも、車の切れ目を見つけるのは難しかった。

(とにかく、まずは松の木のところまで行かなくちゃ)

ところが、私の目指す松は、夕闇のなかにあってひときわ黒い影をまとい、ふんぷんと夜の気配を漂わせていた。その黒い立ち姿は、まるで巨人か怪人のようで、風にざわつく枝は、「おいで、おいで」をしている巨人の腕のように見えた。おまけに巨人は一人ではない。ずらりと並んで私を待ち受けている。

足が竦《すく》んだ。轟音とともに通り過ぎるトラックよりもダンプよりも、松の木の黒い姿が怖かった。

夜の深みと恐ろしさを、闇に浸された風景が醸し出す禍々《まがまが》しさを、その時はじめて私は思い知らされた心地がした。夜の闇は、見知った世界を見知らぬものに変容させる。車の流れが途切れた。今、渡るしかない。私は松の木目指して駆けだした。

何とか松の木までたどり着き、はあはあと息をする。駆けたことよりも、恐れと緊張で息が上がっていた。でも、家に帰り着くためには、同じようにもう一本道路を渡らなければならない。

ふうと息をついて何気なしに松の根元に目をやり、私はそこに段ボールの箱が置かれていることに気がついた。近づいていって覗《のぞ》いてみる。なかに二匹の茶色い仔犬がいた。

生後どのぐらい経つのだろう。まだ本当に小さな仔犬だった。丸い顔をして、毛はふさふさしていたが、触ってみると生き物の持つ温もりとともに波打つような細かな震えが、掌にじかに感じられた。か弱く不安げな命の震え。

「捨て犬だ」

話す相手がいないのを承知で、声にだして言ってみた。言った途端、二匹の仔犬が堪らなくかわいそうになった。

街道のどちら岸に住む人間かは知らない。だが、飼い主は、仔犬が戻ってきてしまうことを警戒して、あえて道路と道路の間に捨てたのだ。もしも自力で戻ってこようとするならば、恐らく仔犬は車に轢《ひ》かれて死んでしまう。段ボール箱のなかでおとなしくしていれば、街道を渡る人が見つけて不憫《ふびん》に思い、連れて帰ってくれるかもしれない。どっちみち、犬が家に帰ってくることはない。

打ち捨てられた二匹の仔犬は、まさしくその時の私自身だった。タミちゃんにぽいと放りだされた私。

できることなら、仔犬を家に連れ帰りたかった。でも、どうして二匹の仔犬を腕に抱えて街道を渡りきれるだろう。

「ごめんね」

もう一度仔犬の頭を撫《な》でてから、私は車の切れ目を見つけ、残り一本の道路を走って渡った。渡り終えた後も、足を止めずに走り続けた。

「こんなに遅くまで。いったいどこに行ってたの？」

家に帰り着くと、母が険しい面持ちで私を迎えた。声にも険悪な曇りがあった。

「タミちゃんち」

私は正直に、街道の向こうのタミちゃんの家に行っていたことを白状した。

「どうして？　あれほど街道を渡っちゃいけないって言ったじゃないの！」

案の定、母は私を叱った。

「だって、タミちゃんと一緒だったし、帰りも送ってくれるって言ったから……」

「でも、送ってくれなかったんでしょ。一人で街道を渡って帰ってきたんでしょ」

まだ何も話してもいないのにどうしてわかるのかと、私は驚くような気持ちで母を見た。

「どうせそんなことだろうと思った」

母のしたり顔を目にして、ああ、そういうものなのか、と合点した。人は人を裏切る。平気で嘘をつくし、人を見捨てる。

ぼそぼそと、タミちゃんやタミちゃんの家、それにタミちゃんのお母さんのことを話すうち、母の怒りはほどけていった。たぶん私は、母に同情されたのだ。お友だちに見放されたかわいそうな典ちゃん――。

その時、私ははじめてタミちゃんに対して憤りを覚えた。私は惨めな子でも気の毒な子でもない。なのにタミちゃんが、私をかわいそうと憐《あわ》れまれる子にした。

仔犬の話も母にした。拾ってあげたい。飼ってあげたい。しかし、それには母も首を縦には振らなかった。

「でも、あのままじゃ死んじゃうかもしれないよ」

「かわいい仔犬だったんでしょ？」抗弁する私に、母はさらりと言ってのけた。「だったら、必ず誰かが拾って育ててくれるわよ。ひょっとしたらもう拾われたかも」

「そうかなあ」

「とにかく、もう二度と街道を渡っては駄目。犬がまだいるかどうかなんて、確かめに行ったら絶対に駄目だからね。タミちゃんのうちにももう行かないの。わかったわね」

私は半分うなだれるように頷くよりほかなかった。それでいて、あの二匹の仔犬はどうしただろうかと、私はずっと考えていた。母は、誰かが必ず拾ってくれるし、もう拾われたかもしれないと言ったが、それも方便のように思えた。うちでは飼いたくないから、口からでまかせに言ったこと。

もしかするとあの仔犬たちは、車に轢かれて死んでしまったかもしれない。そう考えるとなおさらに、仔犬の細かく波打つようなからだの震えの感触が、掌からなかなか消えていかなかった。そして次第にそれが、私自身の心の戦《おのの》きであり震えであるように思えてきた。

(タミちゃんの嘘つき。お母さんの嘘つき)

みんな嘘つき。みんなタミちゃん。

だけど私は、べつにタミちゃんを恨んだり憎んだりはしなかった。人――、ことに女は平気で嘘をつく。何事もなかったかのように相手を裏切る。いずれは思い知らねばならなかったことを、ほんのちょっぴり早く私に教えてくれただけだ。だから私は諦めた。最初から、人になんか期待しない。女の友情なんて信じない。がっかりしたり心傷ついたりするのを恐れた訳ではない。ただ私は、自分が憐れまれるべき惨めな存在に落ちぶれるのがいやだった。

5

あの日だ。「ベヴィトリーチェ」で真佐美ちゃんにテーブルの料理をぶちまけた晩、午後の四時過ぎだったか、真佐美ちゃんから携帯にメールがはいった。

〈今日、忙しい？　よかったら一緒に夕飯でもどう？　私の方は六時半までには仕事を上がれそう。もしご都合つきそうなら連絡ちょうだい。真佐美〉

真佐美ちゃんのメールを見て、私もすぐにメールを返した。

〈ＯＫです。私も今日は、たぶんそのぐらいの時刻に上がれそう。場所はどこにする？　典子〉

真佐美ちゃんからも、たちまちメールが返ってくる。

〈前に二人で行ったイタリアンの店はどう？　真佐美〉

〈賛成。たしか「ベヴィトリーチェ」だったわよね？　典子〉

〈そうそう。じゃあ六時半頃「ベヴィトリーチェ」で。真佐美〉

真佐美ちゃんは赤坂勤めが長い。店も彼女に任せておけば安心だ。それに彼女はよく話す。こちらから話題を振るのは得意でないので、その点も私にとっては楽な相手だった。

「ベヴィトリーチェ」で落ち合い、まずはティオペペで乾杯した。ある程度の料理を頼んでから、落ち着いてワインを飲みだすと、思い出したように真佐美ちゃんが言った。

「くるみ幼稚園では、私たち星組だったわよね」

「そうそう、星組。月組もあったし……あそこ、名前だけは宝塚みたいだったね」

そんな話をして笑った後、真佐美ちゃんが言った。

「ねえ、くるみ幼稚園の加納京子先生、覚えてる?」

真佐美ちゃんの問いに、私は黙って頷いた。ほかの先生は忘れても、京子先生を忘れることはできない。

「園では一番人気の先生だったものね」真佐美ちゃんが言った。「だけど京子先生、なかなかの食わせ者だったわよね」

「え?　食わせ者?」

「私、言われたのよ。たまたま一人でいた時、『秘密よ。だけど先生、本当は真佐美ちゃんのことが一番好き』って」

私はきょとんとなって真佐美ちゃんを見た。そっくり同じ台詞を私も言われた。

「私、すっかりその気になっちゃってね。先生に好かれるいい子でいようと努力したし、秘密という約束を律儀《りちぎ》に守っていたのよ。そうしたら」そこまで言って、真佐美ちゃんはくすくすと笑った。「覚えてるかな、井上奈々ちゃん。小学校三年ぐらいの時、あの子が私に言ったのよ。『私、幼稚園の時、京子先生に一番好かれていたのよ。だって先生が、これは秘密だけど、奈々ちゃんのことが一番好きって言ったもの』って」

それで私にも、真佐美ちゃんが何を言わんとしているかがわかった。人気者の京子先生に「一番好き」と言われれば、園児はたいがい舞い上がる。真佐美ちゃんと同じように、いつまでも京子先生に一番好かれるいい子でいようと努力する。京子先生の「秘密よ。だけど、○○ちゃんが一番好き」は、労せず子供たちをおとなしいいい子にして、自分の扱いやすいようにする魔法の言葉だったのだ。

私は内心、苦笑を漏らさずにはいられなかった。私にもまだ信じている人と言葉があったという訳だ。しかも三十も半ばになろうというのに、迂闊《うかつ》にも真佐美ちゃんに言われるまで、まったくそれに気づかずにきた。

「まあ、京子先生も、誰彼構わず言っていた訳じゃなくて、約束の守れそうな子を選んで言っていたんだと思うけどね」真佐美ちゃんが続けた。「何だか婆臭い言い方になっちゃうけど、やっぱり生きてればこそよね。こうやって子供の頃の思い出話ができるのも。幼稚園のうちに死んじゃった子もいたものね」

「え？　死んじゃった子？」

「タミちゃんよ」

「タミちゃん――」

久しぶりに、脳裏にかっと笑ったタミちゃんの顔が思い浮かんだ。タミちゃんに関する具体的な記憶は、不思議なぐらい私のなかで薄れていた。ただ、タミちゃんという名前と彼女が残していってくれた教訓が、意識に岩のように残っているだけだ。

「あの子もかわいそうだったわよね」グラスにワインを注《つ》ぎながら真佐美ちゃんが言った。「あんなに元気のいい子だったのに、呆気なく交通事故で死んじゃうなんて」

刹那、ぴかっと目のなかでフラッシュが焚《た》かれたようになった。目に映している光景が眩《まぶ》しいほどに白くなり、頭のなかがぐらりと揺らいだ。タミちゃんが死んだ。交通事故で死んだ。そんな——。

「あれ？　覚えていない？」真佐美ちゃんが言った。「あの子のうち、旧日光街道を渡った向こう側にあったじゃない？　秋の夕暮れ時のことよ。タミちゃん、自分ちの方に街道を渡ろうとして、トラックに轢かれて死んだのよ。だけど、今にして思えば不思議よね。何で日が暮れる頃まで、こちら側にいたのかしら」

下瞼《したまぶた》のあたりが、ひくひく勝手に波打ちはじめていた。タミちゃんが街道を渡った？　違う。秋の夕暮れ時の街道を一人で渡ったのは、タミちゃんではなくこの私……だんだん頭のなかの揺らぎがひどくなる。

「そう言えば、仔犬も一匹一緒に死んでたって言ったっけ。たしか、松並木のところに捨てられていた二匹のうちの一匹らしいって話だったわね。タミちゃん、幼稚園の帰りに見た捨て犬のことが気になって、夕暮れ時にまたやってきたのかもね」

ふつふつ言いはじめていた脳細胞が急激に膨張し、あっという間に脳の袋を引き裂いて、閃光《せんこう》とともに破裂した思いがした。脳の袋のなかの想念が、ばらばらに弾《はじ》けてあたりに散らばる。

長い眠りから急に目が覚め、一切が明らかになったような、それでいていきなり見知らぬ世界に放り込まれたような、ひどく不安定な心地だった。急に明るみに晒《さら》された現実世界のなかで、私は迷った。何かが見えたはずなのに、逆に頭はどんどん混乱していく。

ひとつだけはっきりと言えるのは、私の世界を壊そうとしている人間がいるとすれば、それは今、目の前にいる女だということだった。これ以上、彼女に喋《しゃべ》らせてはいけない――。

「その話、やめて。……やめてってば！」

私は手当たり次第にそこらのものを投げつけた。ぐにゃりとひしゃげた女の顔が目に映った。今にも泣きだしそうな顔をして私を見ているその女からも、とにかく私は逃げ出したかった。

6

ようやく私も思い出した。

あの秋の日、タミちゃんに誘われて街道を渡り、タミちゃんのうちに行ったことは本当だ。小屋のようなあばら家で落ち着かない思いをし、外から帰ってきたタミちゃんのお母さんにすげなくあしらわれたのも事実なら、タミちゃんが「送っていく」という約束をあっさりと反故にして、とってつけたようなにこにこ顔で「バイバイ」と私に手を振り続けたことも間違いない。一度は私も一人で街道を渡る決心をした。

そこまではすべて現実に起きたことだ。ただ、そこから先が少し違った。

家に向かって足を進めかけて、私はふと思いついた。行きにタミちゃんと街道を渡った時、街道の松の根元に段ボール箱が置かれているのを見た。なかには二匹の仔犬がいた。

「うわあ、か-わいい！」

タミちゃんは仔犬を抱き上げ、いとおしげに頬ずりしていた。あの犬のことを持ちだせば、ひょっとしてタミちゃんは、街道までやってくるのではないか——。

「タミちゃん！　タミちゃん！　ねえねえ、タミちゃん！」

私は一度はぴしゃんと閉められてしまった木の戸を叩き、大きな声で繰り返しタミちゃんを呼んだ。

「——なに？」

不承不承といった体《てい》で、やがてタミちゃんが顔を覗かせた。お母さんを見た時は、少しも似たところのない母子だと思ったが、さも迷惑げな渋っ面《つら》はそっくりだった。

「ねえ、仔犬！」弾んだ声で私は言った。「松の木のところに捨てられてた仔犬！」

「あ」と思い出したように目と口を開き、タミちゃんが顔に灯りをともらせた。

「あの仔犬、どうしたかなあ」

「忘れてた。ほんとだ。どうしたかなあ」

「今から一緒に見に行こうよ」

「でも、もう夕方だし……」

いったんは灯りがともったタミちゃんの顔が、一転どんよりと鈍く翳《かげ》った。タミちゃんも、夕刻に一人で街道を渡ったことはなかったのかもしれない。

「だって、あのままだったらかわいそうじゃない」

「………」

「大丈夫だよ。二人で一緒に見に行けば」

「でも、帰りは一人だよ」

「もう」私はわざとちょっと膨れて見せた。「じゃあ、帰りも私がこっちに一緒に渡ってあげる。なら平気でしょ？」

「ほんと？」目にきらっとした光を宿しながらも、探るようにタミちゃんが私の顔を覗き込んだ。「典ちゃん、ほんとにこっちまでまた一緒に渡ってくれる？」

「うん」

請け合ってみせると、餌に釣られた野うさぎは、穴を飛び出てぴょんぴょん私についてきた。

街道に差しかかった時には、青い闇が薄い幕のようにあたりをのったり包みはじめていた。

「あ、今だ！　渡ろ！」

今度は私が水先案内人となって、タミちゃんと街道の一本目の道路を渡る。松の木の根元に行ってみると、段ボール箱はまだあった。二匹の仔犬もなかにいた。

「あー、まだいたあ！」

タミちゃんが歓声を上げて、二匹の仔犬を代わり番こに抱き上げる。

「飼ってあげたいねえ。でも、二匹じゃなあ……。ねえ、典ちゃん、この犬、一匹ずつ飼わない？　名前は……何がいいかなあ」

顔を綻《ほころ》ばせたまま、飽きることなくタミちゃんが仔犬を構う。

そうするうちにも夕闇は、ぐんぐん濃さを増していき、私たち二人を懐ろ深く抱え込もうとしていた。

（帰らなきゃ）

不意にわれに返ったようになって、私はすっくと立ち上がった。見ると奇跡のように私が渡るべき道路の車が、ふつりと途切れていた。今だ。今、渡るしかない――。

「帰る！」

言うなり私は駆けだした。道路を渡りきっても、後ろを振り返ることはしなかった。

そうだった。その後、仔犬を一匹抱えたタミちゃんは、道路を家の方に渡ろうとして、トラックに轢かれて仔犬もろとも死んだのだ。なのにどうして私はタミちゃんがトラックに轢かれて死んだことを、きれいさっぱり忘れてしまったのだろう。

「典ちゃん、昨日、帰ってきてからお母さんに言ったこと、本当よね？　間違いないわね？」

耳の底に、母の声と言葉が甦《よみがえ》る。

「典ちゃんは、タミちゃんに『バイバイ』ってほっぽりだされて、一人で街道を渡ってうちまで帰ってきたのよね？　タミちゃんと一緒だった訳じゃないわよね？　そうよね？」

確認するような、念を押すような母の言葉。しかし、その口調には、間違いなくそうなんだと、無理矢理にでも私に思い込ませようとする強引さがあった。

「だったら典ちゃん、昨日タミちゃんのおうちに遊びにいったことは誰にも言っちゃ駄目。あなたはタミちゃんのうちになんか行かなかったの。だって、典ちゃんは、街道を渡っちゃいけないというお母さんの言いつけを、破ったりするはずなんかないんだから」

先に約束を破ったのはタミちゃんだ。嘘をついたのもタミちゃんだ。だけど、タミちゃんは大きなタイヤの下敷きになって、ぺしゃんこに潰れて死んだ。

大変なことになったらしい――、そのことだけは感じ取って、私は戦き脅《おび》えた。そのうちに、小さな頭は混乱していった。たしか、その直後に高熱をだして、私は幾日かの間幼稚園を休んだのではなかったか。

「大丈夫。典ちゃんはいい子。だから安心して眠りなさい」

枕元で私の頭を撫でながら、母が繰り返し言っていた文言が鮮明に甦る。

高熱と夢から覚めて、私は過去の出来事を忘れた。と言うよりも、たぶん自分に都合がいいように過去の事実を作り替えたのだ。

タミちゃんのお母さんが、タミちゃんが私と一緒にいなくなったことを声高に騒ぎ立て、問題にしなかったのはなぜだろう。

「くるみ幼稚園のお友だち！」

元気よくタミちゃんが言った時も、お母さんはむすっとして、名前を尋ねもしなかった。こちらにはずっと背を向けていて、顔さえろくに見ようとしなかった。その子が誰だったのか、たぶんタミちゃんのお母さんには特定できなかったのだ。

脳の部屋の奥深くにしまい込み、ずっと固く封印してきた箱だった。その箱の蓋を、いきなり真佐美ちゃんがぱかんと開けた。真佐美ちゃんは知らない。でも、それは開けてはならない箱の蓋だった。真佐美ちゃんが蓋を開けた途端、箱のなかの小さな爆弾が炸裂《さくれつ》した。三十年近くにも及ぶ、私の誤記憶を正す爆弾。

今だから私にもわかる。私は、母の顔にもマコの顔にもミッキの顔にも……実のところタミちゃんの顔ではなく、いつだって自分の顔を重ねていたのだ。

子供の頃に味わった高熱の感覚が思い出された。脳もからだの芯《しん》も熱にしゅうと溶けて萎《しぼ》んでいきそうになる感覚。だるくて苦しい上に、おぼろな意識で捩《ねじ》れた世界を漂わなくてはならない。けれども、熱から解き放たれた時には、雨上がりのような清々《すがすが》しい世界が、新鮮な顔をして迎えてくれる。

朦朧《もうろう》たるあの高熱が、何だか懐かしいようだった。熱に浮かされ、辺境をさまよい、目覚めた時には、今思い出したことを、錯乱して真佐美ちゃんにしてしまったことを……すべて忘れられているのではないか。

あの秋の日から、三十年近い月日が経とうとしている。だが、私は、今はじめて街道を渡ったような心地がした。

いや、それも嘘――、思い違いのような作りごとかもしれなかった。幾度も幾度も自分のなかで作り替えてきた事実……本当のところ私はまだ、街道を渡っていないのかもしれない。

「ターミちゃん」――、私は心で自分に向かって呼びかけた。

ドリーマー

1

あ、目が覚めた――、そう認識した次の瞬間、千夏はバネ仕掛けの人形のように、反射的にベッドから跳ね起きた。うう、寒、と身震いをひとつして、フリース素材のジャケットをパジャマの上に重ね着する。まずはファンヒーターのスイッチを入れ、次に寝起きで若干むくみ気味の顔を翳《かげ》らせつつ、２ＤＫの自分の住まいを隈《くま》なく点検して歩く。それがここ最近の、千夏の朝の日課になっていた。

寝室、それに仕事部屋に使っているふたつの部屋はもちろんのこと、ＤＫ、洗面所に浴室、加えてトイレや玄関も、昨夜と変わりがないか、入念に見てまわる。クロゼットや冷蔵庫のなかも例外ではない。タンスの抽斗《ひきだし》やシンクの下の物入れ、果ては下駄箱のなかに至るまで、もれなく点検する朝もある。腰を低くしてうろつくさまは、まるで警察犬か刑事のようだと自分でも思う。

今朝はこれといって変わりはなかった――、そのことを確認して、ほっと安堵《あんど》の息を漏らす。自然に表情が緩むと同時に、眠気と寒さも戻ってきて、千夏はファンヒーターの前に坐り込むと、今日一本目の煙草に火をつけた。

　夢遊病、あるいは睡眠時遊行症《ゆうこう》と言うのが正しいのだろうか。深い眠りのさなかにありながら、時に千夏は、部屋を歩きまわることがあるらしい。むろん無意識でのことだから、千夏にその自覚もなければ記憶もない。なのに自分でそれと気がついたのは、部屋にその痕跡とでも言うべきものが、しかと残っていたからだった。

　洗面所にはプラスティックと籐、ふたつの四角いカゴが置いてある。プラスティックのカゴにはすぐに洗濯するものを、籐のカゴには一、二度着たセーターやトレーナー、あるいはズボンなどを入れることにしている。籐のカゴの上に専用のバスタオルを載せておくのも、言わば千夏の生活上の決まりごとだ。ちなみにタオルは赤のＫＥＮＺＯ。

　晩秋に差しかかった頃、籐カゴのなかを覗《のぞ》いてみた。すると、ほかの衣類の下積みになる恰好《かっこう》で、底の方に八分丈のズボンや綿のカットソーなどが見えた。たとえ一、二度しか着ていなくても、季節が変わればそのままにしておく訳にもいかない。これもそろそろ洗濯して仕舞わなくちゃ――、そう思いつつ、千夏はＫＥＮＺＯをカゴの上にかけ直した。

　それから二、三日が経った朝のことだった。目覚めて洗面所に向かいかけると、途中、キッチンのプラスティックのゴミ箱が、蹴飛《けと》ばされたように引っ繰り返っているのが目にはいった。床には、なかのゴミがこぼれ落ちている。

めなかったのに）

（え？　どうして？　昨日は夜中、洗面所にはいかなかったし、途中で一度も目なんか覚

　訝《いぶか》りながらも、ゴミ箱を起こして散らばったゴミを拾い集めた。洗面所にいって顔を洗い、歯を磨いていても、納得のいかなさに近い不審な気分が拭《ぬぐ》いきれず、鏡のなかの千夏の顔も鈍い曇りを帯びていた。

　歯を磨いた後、籐カゴのバスタオルをめくってみたのは、何か予感のようなものが働いたからか、あるいはその朝洗濯してしまおうと思い立ったからか、今となってはよく覚えていない。だが、千夏は、籐カゴのなかの衣類に触れた途端、目を剝《む》いた。

　カゴの上のKENZOは乾いていた。ところが、なかの衣類がどれもびっしょりと湿っている。衣類が水を吸ったから、カゴの下から水が床に漏れだすほどではない。とはいえ、少々の濡《ぬ》れようではなかった。誰かがカゴのなかに水をぶちまけなければ、あれほどまでには湿らない。千夏の顔の曇りは、いっそう濃さをまさざるを得なかった。

（まさか。夜中、誰かうちにはいったの？）

　一番最初に思ったのはそれだった。慌てて玄関の戸締まりを点検しにいく。

　鍵は、締まっていた。チェーンもきっちりかかっている。千夏の部屋はマンションの五階だが、窓の戸締まりも全部見た。どこもみな問題なかった。誰も部屋に立ち入った形跡はない。それでも、もしやと思って銀行のカードや通帳を入れてあるチェストの抽斗を確

かめにいった。そこも一切変わりはなかった。家に置いてある幾許《いくばく》かの現金も、財布のなかのカードも現金も、すべてきちんと揃《そろ》っている。

行き暮れたような思いになりながら、千夏は洗面所に戻って、もう一度カゴのなかの衣類に手をのばした。やはり濡れている。じっとりと湿った衣類の感触が、指から心に不快にしみてくる。

（誰もはいってない……だとしたら、私？）

二、三日前、籐カゴのなかの衣類を洗濯しなくては、と思ったことが思い出された。それが意識の底にこびりついていて、夜中に寝ぼけた頭で洗濯をしようと、自らカゴに水を入れたのか。魂の脱けたようなからだで歩いていたから、ゴミ箱を蹴飛ばしたことにもゴミを散らかしたことにも気がつかなかったのか。

夢遊病――、しかし、それは子供の病気で、大人になれば自然に治るものと聞いている。そもそも千夏は、子供の頃に寝ぼけて家のなかを歩きまわったこともなければ、夜尿症でも夜驚《やきよう》症でもなかった。そんな話は、母から一度も聞いていない。

千夏は、どうにも気持ちの悪い思いで、その日一日を過ごさざるを得なかった。籐カゴのなかの衣類は、その朝全部洗濯した。洗濯を済ませ、衣類を取り込んで仕舞った後、なかったこととして忘れてしまおうと決めた。そうしなければ、いつまでも不快さが心に張りついて、仕事に身がはいらない気がしたからだ。

ところが、異変はその後も続いた。

起きて何気なしにキッチンのシンクを見やると、皿とスプーン、それにスープ用のボウルと小鍋《こなべ》が、洗われないままの状態で置かれていた。さほど神経質ではないものの、千夏はその晩使った食器はたとえグラスひとつでも、最低洗って眠ることを原則としている。でないと翌朝、マイナスからのスタートとなるからだ。家で仕事をしている人間の、いわばルールとでも言うべきものだ。

汚れた皿やボウルを眺めながら、千夏は翳った顔を斜めに傾けた。昨日の晩は、炒飯《チャーハン》とコンソメスープを作った。だが、仕事の方に気がいっていたのか、あまり食欲が湧かなかった。それで双方半分ほど残してしまい、スープは小鍋に残し、炒飯はラップをかけて冷蔵庫に仕舞った。

なかば恐る恐るといった体《てい》で、冷蔵庫を開けてみる。案の定《じよう》、冷蔵庫のなかの炒飯の皿は消えていた。いったん残して仕舞った炒飯やスープを、いったい誰が食べたのか。

やはり、千夏以外に考えられなかった。

ほかにもある。目覚めてみると、枕の横に携帯電話があった。「あれ?」と思ったが、千夏は携帯をアラーム代わりにベッドに持ち込むことがたまにある。電話やメールを待ちながら、眠ってしまうこともある。昨夜もそうだったかと、一度は納得しかけた。が、その晩、浜田豊から電話がかかってきた。千夏の現在の交際相手。四つ歳下《としした》の、広告代理店に勧めるイケメンの彼氏。

「昨日の夜中の電話、あれ、いったい何だったの？」

　豊は言った。

「電話？　電話って？」

「昨日の二時半頃だったかな。電話くれたじゃない？」

「私が？」

「うん。覚えてないの？　もしかして酔っ払ってた？」

「……嘘。それ、本当に私だった？」

「そうだよ」笑みを含んだ声で豊は言った。「『今、何してるのぉ？　仕事ぉ？』なんて言ったかと思ったら、寝言みたいなことをぐにゃぐにゃ言って切っちゃったけど」

「私が？」

　重ねて豊に問う。

「だから間違いないって。まあ、酔っ払ってただけならいいんだけど、どうかしたのかと思って、ちょっと心配しちゃったよ」

　一応、「ごめん、ごめん」と言って電話を切ったが、それでも千夏は電話をしたのが自分だとは信じられずにいた。昨夜千夏は仕事を終えた後、寝酒にワインを二杯ほど飲んだが、酔うほどの量でもなければ酔ってもいなかった。豊は決して女にもてない男ではない。

きっとどこその女が酔って電話をしてきたのを、千夏と勘違いしたのだろう——。が、後になって携帯の発信履歴を確認して、千夏はぎょっと目を瞠《みは》った。と同時に、わが目を疑う。

〝十二月九日　二時二十七分　浜田豊〟

発信履歴には、たしかにそう残っていた。小さなデジタル文字にすぎないが、千夏は動かぬ証拠を眼前に突きつけられた思いがした。こうなれば、もはや千夏も自分の夢遊病だか遊行症だかを、認めない訳にはいかなかった。

考えるうち、一本目の煙草が二本目になり、三本目になり……と、灰皿のなかの喫殻《すいがら》が無為にふえていく。

自分が信じられない。いや、寝ている間の自分が信じられない。

今朝は何もなかった。とはいえ、明日も無事とは言い切れない。意識のない時間の出来事だけに、自分でどうすることもできない。

温風を吹きだすファンヒーターの前に坐っていても、師走《しわす》の寒さが、千夏の身の芯《しん》にまでしみてくるようだった。

2

電話が鳴った。

こんな早朝に誰が、とやや眉を顰《ひそ》めながら時計を見やる。時計の針は、すでに午前十時をまわっていた。千夏のような自由業者はべつとして、ふつうの暮らしをしている人間には、もはや早朝とは言えない時刻だ。起きたの自体が九時少し前だったが、家のなかを点検し、煙草をふかしているだけで一時間余りを過ごしてしまったことに、思わず疲れた吐息を漏らす。

「あ、千夏？　私だけど」

電話は、思った通り、郷里の母のあや子からだった。千夏の周囲で、家族以外に午前中に電話をかけてくる人間はまずいない。仕事が仕事、業界が業界だからだ。

クレイアート作家。千夏自身は、〝作家〟という言葉にある種のてらいを覚えてあまり使っていないが、無理に肩書をつけるとしたら、そういうことになる。したがって、仕事相手は雑誌社や広告代理店、どこも朝の早い商売ではない。

「ああ、お母さん、おはよう」千夏はいくらかかったるそうな口調で言った。「何？　どうかしたの？」

「どうかしたのってあんた」受話器の向こうのあや子が言った。「もう暮れよ。なのにちっとも電話を寄越さないから……。いったいいつこっちに帰ってくるの？」

カレンダーに目を向ける。十二月二十二日、たしかにもう暮れだ。押し迫っていると言っていい。あと十日ほどで年が改まってしまう。

「仕事、相変わらず忙しいの？」

「うん、まあね」

「でも、お正月には帰ってくるんでしょ？」

「……うん」

活気のない声で応える。

「せめて大晦日《おおみそか》までには帰ってらっしゃいよ。で、松の内までとは言わないけど、三が日ぐらいはこっちでゆっくりしなさいよ。ね？」

クレイアート作家と言っても、千夏はべつに粘土で作った自分の作品を売って糧《かて》を得ている訳ではない。主として婦人雑誌の「スフレ」や「セラヴィ」、あるいは女性誌の「ビバリー」などで、粘土で作った人形を撮影したものを、イラスト代わりに使ってもらうことで生計を立てている。そういうことからすれば、挿絵画家かイラストレーターのようなものだ。ＣＭの仕事も二度ほどした。が、クレイアートは粘土作品のコマ撮りになるので、十五秒のＣＭを作るのに、膨大な時間と労力を要する。一度製菓会社のＣＭをともにしたことから豊と知り合ったことを思えば、感謝するべき点も多いのだが、あまりの苦労に音《ね》を上げて、目下千夏はCMの仕事を受けていない。一方雑誌社は、印刷所が年末年始休みになるので、年末進行と言って、たいがい仕事が前倒しになる。したがって、千夏も年末年始はフリーと言えばフリーだった。

「あんたの作品がでている雑誌、みんないつも見てくれていて、お正月にあんたに会うのを楽しみにしているのよ」しゃっきりとしない千夏の様子に、いささか焦《じ》れたようにあや子が言った。「二日の日は、圭ちゃんや美紀ちゃんたちも遊びにくるし」

圭ちゃんや美紀ちゃんというのは、千夏のいとこたちだ。

「車でも電車でも、一時間てところじゃないの。仕事が忙しいのはわかるけど、お正月ぐらいは帰ってきなさいって」

わかった、わかった、遅くとも大晦日の晩には帰るから――、そう言うと、千夏は受話器を置いた。置いてから、また煙草に火をつけ、無駄に紫煙をゆるゆる燻《くゆ》らす。

千夏の現在の住まいは杉並区高井戸だ。実家は山梨県の大月だから、新宿からなら中央本線一本で帰れるし、車なら調布インターから中央高速に乗ればいい。あや子が言った通り、どちらにしても帰省に苦労する場所でもなければ距離でもない。

「あんたが世にでてくれたのは嬉しいけど」電話であや子は千夏に言った。「仕事、仕事でからだを壊しやしないかと、私はそれが心配で。どう？　最近はちゃんと眠れているの？」

千夏は以前、「ロータス」という大手食品メーカーの総務部編集局という部署で、社内報や広報誌の編集に当たっていた。クレイアートは自己流だったが、親しみを感じてもらう目的で、誌に自分の作品をイラスト代わりに使っていた。それがたまたま大手出版社の目に留まり、クレイアート作家になるきっかけとなった。

三十歳になったのを機に、いよいよ「ロータス」を辞めて一本どっこでマス媒体の雑誌の仕事をするようになった時は、華々しさよりは不安の方がはるかに勝り、イギリスの〝ウォレスとグルミット〟とまではいかないものの、魅力的なクレイキャラを生みだすことに躍起となった。紙粘土、小麦粉粘土、樹脂粘土と、素材そのものもいろいろ試したし、思ったような細工ができるヘラやスティックといった道具探しにも工夫と労力を費やした。その時期の半端ではない労苦と頑張りがあったからこそ、今の千夏、すなわち、クレイアート作家としての小山千夏がある。この四年の努力は、ひと口には語れない。が、人間、分限を超えた力をだせば、必ずそのツケがまわってくる。千夏の場合、それが不眠だった。

眠れない人間の苦しみは、眠れない人間にしかわからない。「眠くならないなんて、仕事の効率が上がっていいね」などと、理解及ばぬ人間は簡単に言うけれど、べつに眠くならない訳ではない。眠たいことは眠たいのだ。ところが、眠れない。眠れたと思っても、すぐさま目が覚め、再び眠りに戻ることができない。だからつらい。ならば起きている時はどうかと言えば、脳もからだもどんよりと澱《よど》んだ疲れの沼に浸されていて、やる気もでなければ力もでない。集中力もまた然《しか》りだ。そのうちに、世界は色を失い、光も失う。あのまま、日に三、四時間ほどの睡眠を、しかも一時間、一時間半と細切れに摂《と》るような生活をもう少し続けていたら、恐らく千夏はからだも心も壊していたことだろう。

意を決して神経科を訪ねた。医師は、脳を休養させ、疲労をとる唯一の方法が睡眠であり、それが自力で得られないとあらば、薬を服用してでも睡眠を確保するよりほかにないと言った。

「薬……睡眠薬ですか」

一抹の怖さを覚えて千夏は言った。声も自然と陰気に籠《こ》もっていた。

「今は依存性もなければ副作用も少ない、いい薬がありますからね。べつに怖がる必要はありませんよ」医師は言った。「それより、今のような状態を続けていると、必ずと言っていいほど記憶障害がでます。その方が問題です」

記憶障害――、一日をきちんとした眠りで締め括《くく》らないから、それが昨日のことだったか今日のことだったか……いったいいつの出来事だったかわからなくなる。質の悪い浅い眠りのなかで現実の続きのような夢を見るから、夢と現実の区別もつかなくなる……。

千夏には、その時点ですでに自覚があった。担当者に電話をしたのは現実のことだったか夢のなかでのことだったか、自分でもふとわからなくなる。昨日の晩か一昨日の晩か、などと考えだすと余計に混沌としてきて、確信が持てなくなる。それがこれからいっそうひどくなるのかと思うと恐ろしかった。だから千夏は、医者の勧めに従って、睡眠薬を服用することに決めた。何よりも、その時は眠りに飢えていて、ひたすら眠りを求めていた。とにかく泥のように眠りたい――。

グッドミン、サイレース、マイスリー……睡眠薬もいろいろ試した。薬とも相性というものがあるからだ。果てに、ドリーマーという薬に落ち着いた。ドリーマーを服用しはじめてほぼ一年、薬さえ服《の》めば、眠りを得られぬことはない。ドリーマーは、目覚めもすっきりしていて、切れもいい。当初はそれこそ夢のような効きように、心とからだの両方で、無条件に喜びを覚えたものだ。が、今はちょっと違う。前は夢も見ずにぐっすり熟睡できたものが、最近やたらと夢を見る。しかも、現実と違《たが》わぬほどにリアルで、連続ドラマのような続きものの夢だ。

（それに加えて夢遊病？……）

千夏の脳裏に、神経科の医師の顔が思い浮かんだ。今の自分の状況を、余さず打ち明けるべきだろう。このまま放っておいてはいけない。わかっていながら、千夏はいまだそれができずにいた。相談した結果、ドリーマーを止められてしまうのが怖い。眠れない生活に戻るのだけは、何としてもご免だった。

もう少ししたら、帰省しなければならない。正月。ちょうど初夢の時期。

戸締まりをしっかりとして、この四角いコンクリートの箱のような部屋に一人で寝ている分にはまだ安心できる。だが、実家では――。

千夏は、夜中に自分が大月の家のなかをうろつきまわりはしないか、何か家族が驚くようなことをしでかしはしないか……それが不安でならなかった。

3

夢のなかで、千夏はエルムハイツというコーポラスの二〇一号室で暮らしている。場所がどこなのかまではわからない。ただ、あたりの風景は高井戸よりもいなかだし、コーポラスの建物自体も小さければ、部屋もほぼワンルームに等しい。近くに由緒《ゆいしょ》ありげな小さな神社があって、千夏は駅から線路沿いにさびれた商店街を通って、エルムハイツに帰っていく。

どうやら勤め先は「ロータス」らしい。しかし、「ロータス」の稼ぎだけでは足らなくて、会社には内緒で、夜は夜でショップのアルバイト店員をしている。それゆえ千夏はいつもくたくただ。帰路をたどりながら、部屋に帰り着いたらばたりと倒れ込むようにして眠りたいと、常のように考えている。だから、ドアを開け、なかに人がいないのを確認すると安心する。ああ、今夜は一人でゆっくりできる――。

それというのも、帰るとまるで先住者のごとき顔をして、部屋に人がいることがあるからだ。

村沢俊也。千夏より三つ歳上の三十七歳。中肉中背でやや猫背、人懐こい顔と剣呑《けんのん》にして凶暴な顔、ふたつの顔を持つ男。

夢のなかでは、この村沢俊也が千夏の目下の交際相手——、いや、情夫だった。村沢は、一応ワンツークレジットという会社に勤めているが、やっている仕事はローンの取り立てで、しかも給料は歩合制ときている。十年余りも〝切り取り〟のようなことをしてきたからだろうか、今ではすっかりやくざな匂いが身にしみついて、性根まで染まって腐りつつある。だから、働く気がしない月、金まわりの悪い時は、すぐに千夏の稼ぎをあてにする。「金」と、のっぺりとした顔をして手をだす時もあれば、千夏の部屋の抽斗や財布から、勝手に札を抜いていったりもする。こんなカスを摑《つか》んでしまったがために、千夏は夜も働いている。

部屋にいるのが村沢だけならまだいい。奥村武史、真野光博、吉川行男、佐竹雅美……彼らを千夏の部屋に引っ張り込んで、麻雀に興じていることもある。ドアを開けた途端、ジャラジャラという牌《パイ》の音ともうもうとたちこめる煙草の煙、加えて血走った八つの眼に迎えられると、千夏は疲労よりも落胆と絶望を覚える。

「何でも通す水戸街道、と」

「ロン！　お気の毒さま、それ当たりィ！」

「嘘だろ」

「三暗刻《サンアンコー》・トイトイ・単騎……」

「おいおい、勘弁してくれよぉ」

…………

麻雀用語や独特のもの言いは、いくら聞いてもわからない。好きにもなれない。千夏の部屋で奥村たち相手にやる麻雀ならレートが知れているが、村沢は、よその賭場《とば》でひと晩に五十万負けて帰ってきたこともある。彼は麻雀のみならずパチンコもやる。競輪、競馬、チンチロリン……賭《か》け事ならば何でも好きな男なのだ。負けがこめば当然へこむ。勝ったら勝ったで使ってしまう。だから、金はいくらあっても足りない。おまけに、悪いことに真野光博と佐竹雅美は、同じエルムハイツの住人だった。両人、定職に就いていない遊び人。いったい、いつどのようにして村沢が二人と知り合ったのかは知らない。遊び人同士、互いに惹《ひ》きつけ合う同種の匂いでもあるのだろうか。いつの間にやら親しくなって、二人は千夏の部屋に上がり込んでいるようになった。

昼夜働き、家に帰ってきてもくつろぎの得られない日々。常に金に汲々《きゅうきゅう》としている暮らし。その上、村沢が真野と雅美など引き入れるから、千夏の生活は同じコーポラスの住人にも丸見えだ。千夏は村沢によって、金や時間ばかりではなく、プライバシーまで剝奪《はくだつ》されている。こんなろくでなしとは別れたい――、何度も思った。口にだして言ったこともある。すると村沢は、これまでさんざん窮状に喘《あえ》いでいる人たちに〝追い込み〟をかけてきた酷薄な顔で千夏を脅す。

「なら俺は、ワンツークレジットの名刺持って、お前の会社に取り立てにいくからよ」

「取り立てってて、私はべつに借金なんかしていないじゃないの」

「してようがしてまいが、俺が取り立てにいって喚《わめ》けば、会社の人間は借金してると思うだろうよ」

「…………」

「『ロータス』だけじゃない。お前の親族みんなの会社に取り立てにいってやる。ご愁傷さま、皆さん面目丸潰《まるつぶ》れ、親族一同丸裸だ。みんなお前のことを、さぞかし恨むことだろうなあ」

こんなダニのような男に捕まったわが身の馬鹿さ加減を嘆くとともに、腹の内で、村沢にたぎるような憎悪と殺意を覚える。あんたなんか、あんたなんか殺してやる――。

近頃は、怒りのあまり目が覚めることも少なくない。目覚めて本物の現実に立ち戻ると、千夏はほっと安堵の息を漏らす。が、その安堵の息を、すぐに疲れきった吐息が追いかける。「エルム街の悪夢」ならぬ「エルムハイツの悪夢」――、千夏は自分の夢を、心の内でそう呼んでいる。

現実と夢との二重生活。夢遊病のみならず、そのことが最近の千夏から、元気を奪い取っていた。

4

なかきよのとをのねぶりのみなめざめ
　なみのりぶねのをとのよきかな

悪夢封じと言うよりも、本来は、よい初夢を見るためのまじない文だ。「長き世の遠の眠りのみな目覚め　波乗り船の音のよきかな」といういろは文字の回文で、上から読んでも下から読んでも「長き世の……」になっている。夢を違《たが》えようと願うかのように、この回文を枕の下に敷く。獏《ばく》の絵や「獏」と文字を書いた紙を敷いて寝ても、悪夢封じになるという。

はじめからわかってはいたが、何をしたところで無駄だった。まじないの回文を敷こうが「獏」の文字を敷こうが、あるいは枕もとにお守りを置こうがニンニクを置こうが、千夏の「エルムハイツの悪夢」は治まらない。夢遊病の痕跡もなくならない。無意識のうちにパソコンを立ち上げて、深夜、友人にメールを送信していたのに、翌朝気づいた時は冷や汗がでた。

〈ハーイ、日奈子、お久でーす！　ご無沙汰しているうちに、気がつけば今年もどん詰まり。日奈子は元気にしてる？　今年は結局春に会ったきりで終わっちゃうけど、来年こそはまたゆっくりお会いしましょう。ではね！　よいお年を！　千夏〉

モニターのなかで、デジタル文字が躍っている。無自覚のまま書いた上っ調子の自分のメールの文面が、妙に禍々《まがまが》しいものに思われた。

そうするうちにも、帰省する日は目前にまで迫ってきていた。やはり医者にいって事情を話し、何らかの対策を講じてから帰るべきと決断した時には、すでにクリニックは年末年始の長い休みにはいっていた。うじうじと逡巡した果てに遅れをとってしまった自分のだらしなさに、閉じられたクリニックのドアの前で臍《ほぞ》をかむ。

「お正月は、大月に帰るんだったよね」イヴの晩にデートをした時、豊は言った。「車で帰るつもりだって言ってたっけ。見てると、このところちょっと疲れ気味みたいだから、くれぐれも運転、気をつけてな。本当は、僕が送って帰ってあげられればいいんだけど」

豊は、すらりと背が高くて都会的で、顔だちもよければ性格もいい。服装のセンスにしても垢抜《あかぬ》けている。イヴの晩に着ていたチャコールグレーのロングコートも、彼だからこそ着こなせるものだと思った。クリスマスプレゼントはブルガリのブレス。実際、千夏にはもったいないような男だ。千夏がクレイアート作家になっていなければ、絶対に出逢うことのなかった男だろう。が、近頃千夏は、豊と肌と肌で直《じか》に触れ合っていて、ふと彼に対して、ある種の後ろめたさを覚えることがある。

（この人はこんなにやさしい。申し分のない彼氏。なのに私は――）

夢のなかで、千夏は性の交わりにおいても村沢に蹂躙《じゅうりん》されている。こんな屑《くず》……と頭で思いながらも、彼とのセックスにわれを忘れ、からだの芯から脳の芯まで蕩《とろ》けるような、圧倒的な恍惚感《こうこつかん》に浸されきっている。夢のなかでの生々しいまでの村沢との交わり。女のくせに性夢を見るなんていやらしい――、目覚めると、千夏は自身に恥辱を含んだ嫌悪を覚える。拭い去れないような穢《けが》れも覚える。と同時に、豊に対して許されない裏切り行為を働いているような、申し訳のない気持ちにもなる。私は村沢にさんざん貫かれた薄汚いからだで、素知らぬ顔をして豊と交わっている。この人のことまで穢している――。

自責の念に駆られてから、千夏は疲れた息を漏らし、馬鹿ね、と首を小さく横に振る。

（何を考えているのよ。夢のなかでのことじゃないの。現実に彼を裏切っている訳じゃないわ）

だが、たとえ夢とはいえ、心底別れたいと思っているのなら、いかに相手に脅されようと、そんな男は大鉈《おおなた》ふるってでも断ち切るべきだ。いやとなったら何としてもいや――、それが女だ。なのに、夢のなかの千夏は、そこまでしていない。それは、心のどこかに村沢に対する断ち切りがたい未練があるからなのか。村沢にというよりも、彼とのセックス、彼がもたらしてくれる肉の悦《よろこ》びに、囚《とら》われ引きずられているからなのか。

情けない――、そう思ってからまた首を横に振る。

(だから、自分を責めちゃ駄目だって。夢よ、夢。見る夢にまで、誰も責任なんか取れやしないわ)

頭ではきちんと理解できているし、理性の力で自分を本来の立ち位置に引き戻すこともできる。一方で、現実と夢とが自然と交錯していくように、すぐさま両者の意識と感覚が入り乱れてもいく。ひとつのからだでふたつの生活。ひとつの頭にふたつの意識、ふたつの感覚。

千夏は、ドリーマーによって、毎日、最低六時間の睡眠を確保している。けれども、心は叫びを上げていた。私は本当に眠っているの、それとも起きているの。どっちなの?――。

眠りによって、本来得られるべき安らぎを得られていない。からだの疲れも脳の疲れも癒《いや》されていない。ならば、本当には眠っているとは言えないのではないか。

千夏の心の曇りも顔の曇りも、容易に晴れてはいかなかった。

5

睡眠は、ノンレム睡眠とレム睡眠、大きくふたつに分けられる。さらにノンレム睡眠は、

S1からS4、四つの段階に分けられる。レム睡眠が浅い眠りを、ノンレム睡眠が深い眠りを指すと考えればいい。通常、人はこのノンレム睡眠とレム睡眠を、ほぼ九十分を一セットとして繰り返す。四セットで六時間、五セットで八時間弱、そのあたりが理想的な眠りだ。

ノンレム睡眠のS1からS4という段階は、睡眠レベルの深さを示していて、なかでもS3とS4が徐波《じょは》睡眠と呼ばれ、最も深い眠りとされている。夢遊病は、この徐波睡眠時に起きるという。それも眠りはじめの深い睡眠時に起き、本人には自覚がないのが特徴だ。一方、悪夢は眠りの後半、レム睡眠の比較的浅い睡眠中に起きる。それもまた、悪夢障害と呼ばれ、一種の病気、随伴《ずいはん》症と捉《とら》えられている。悪夢障害は、本人に自覚と記憶があるのが特徴だ。

それらのことを専門書で確認した時、千夏は正直、うなだれるような思いになった。額は知れている。だが、千夏は月に二度医者にいき、金を払って薬をもらい、それによって眠りを得ている。言わば金で眠りを買っているようなものだ。にもかかわらず、夢遊病と悪夢障害、ふたつの症状を抱えてしまっている。夢遊病がノンレム睡眠の徐波睡眠時にでて、悪夢障害がレム睡眠時にでているとするならば、千夏はノンレム睡眠のS1とS2という、全体の睡眠のほんの一部しか得ていないことになる。やはり本当には眠っていなかった。いや、眠れていなかった――。

(お金を払って眠りを買って、それでこのていたらく? そんなのってある?)

帰省の支度をしながらも、千夏は心の内で毒づかずにはいられなかった。

(ただでぐうぐう眠れる人も、この世のなかにはいっぱいいるっていうのに……。これって、いったいどういうこと?)

この帰省には間に合わない。が、年が明けてクリニックがはじまったら、やはり相談にいこうと、今度こそ本当に決心した。今回大月の実家で眠る時は、うろつきまわろうにもうろつきまわれないように、両足首を縛って寝る策をとることも決めた。それならいかに深い眠りのさなかにあっても、歩きだそうとしたらきっと足がもつれて、引っ繰り返って目が覚める——。

中央高速が渋滞することを考えて、帰省は大晦日の早朝にした。いずれにしても、たぶん道は込むだろうが、日中よりはいいだろう。

眠たい目をこすり、寒さに身を震わせながら、バッグに化粧道具のはいったポーチや携帯電話の充電台を収める。こういうものこそ泊まりがけの外出には必携だが、前もって詰めておく訳にもいかず、当日、出かける間際にということになる。

出がけには、パソコンで本年最後のメールチェックをした。日奈子から、先日のメールのレスがはいっていた。

〈千夏、メール、どうもありがとう。こちらこそ、ご無沙汰してしまってすみません。でも、千夏のご活躍ぶりは、いつも「ビバリー」や「セラヴィ」で拝見していますよ！　相変わらずお忙しそうですが、御身大切になさって、よいお年をお迎えくださいね。いい初夢を！　日奈子〉

事情を知らないのだから致し方ないが、最後の「いい初夢を！」という締めの文句が、千夏には何だか皮肉に思えた。きっと日奈子は眠ることになど苦労せず、毎夜快眠を貪《むさぼ》っているのだろうと、妬《ねた》ましいような気持ちになる。それから、他人の眠りを羨《うらや》んでいる自分に苦笑を漏らす。

〈私だって、こんなこととは今年でおさらばよ〉

まだ明けきらぬ薄闇のなか、車に荷物を積み込みながら思う。年が明けたら医者にいき、医師に一切合財《いっさいがっさい》ぶちまけて、きちんとカウンセリングを受けた上で、症状に見合った薬を処方してもらう。そうすれば、恐らく夢遊病も治まるだろうし、「エルムハイツの悪夢」からも解放されるに違いない。そう信じたい。

〈睡眠薬だってそうよ。もしもドリーマーの副作用だっていう可能性があるのなら、薬を替えたらいいんだわ。べつにドリーマーにこだわることはない。今はきっとほかにもいい薬があるはずだもの〉

医者にいった結果、よその病院で脳のＣＴ検査やＭＲＩ検査を受けるように言われたら厄介だと思う気持ちもないではなかった。単なる睡眠障害ではなく器質的な問題、たとえば脳幹部に腫瘍《しゅよう》でも見つかったらどうしよう――。

(駄目ね。そんな取り越し苦労をしているから、おかしな夢を見るのよ)

「エルムハイツの悪夢」ではない。それとはべつに、一昨日の晩、医者で検査をした結果、脳幹部に腫瘍があると、医師から告げられる夢を見た。

「脳幹部に腫瘍がありますね。しかし、それがちょっと奇妙で……。いえ、実は、その腫瘍が、人間のかたちをしていましてね。それもあなたそっくりの女性の姿をした腫瘍なんですよ」

夢での医者の台詞《せりふ》を思い出し、いやだ、いやだと、首を横に振る。

(睡眠障害なんて、誰にだって起きることよ。悪く考えすぎないことだわ。まずはとにかく神経科にいって、相談してみること)

自らに言い聞かせるように、心で呟《つぶや》く。年が改まるのをいい機会として、悪夢を切り捨て、よい夢に変える。新しい年は、こんな馬鹿げた悩みなど引きずることなく、恋に仕事に邁進《まいしん》したい。

(そうよ。現実の私は、いい人といい仕事に恵まれてるんだもの。いい年にしなくてどうするの。絶対もったいないわよ)

これまでの自分の意気地《いくじ》のなさを悔やみながらも、千夏は車に乗り込み、まっすぐ前に顔を向けた。目の先にあるのは、やがて郷里の大月へとつながっていく道だ。けれども、千夏は道ではなく、自分の未来を見据えているような気持ちだった。ほどなくしたら自分に訪れるであろう明るい新年。堅牢《けんろう》で揺るぎない現実。

イグニッションにキーを差し込み、ほんの一、二分エンジンを暖めてから、車を走らせはじめる。車内の空気はまだ冷えている。だが、よくない男と別れると本気で決心した時のような清々《すがすが》しさが、千夏の心と背骨をしゃんとさせていた。

6

一般道を走ってから、調布インターから中央高速に乗り、白々と明けはじめた風景を目の端に、一路西へと向かう。風景と言っても高速道路だから、目に映るのはひたすら続く長い道と脇のフェンス、それにところどころに見える樹木ぐらいのものだ。けれども、徐々に藍《あい》よりも白の色を強くしていく空気のなかを車を走らせるのは、いくらか幻想的な雰囲気が感じられて悪くなかった。

「くれぐれも運転、気をつけてな」——、イヴの晩の豊の言葉が思い出され、思わず頬のあたりに笑みを滲《にじ》ませる。彼は昨日の晩、郷里の広島に帰省した。帰省前にも一度電話を寄越し、「とにかく気をつけて帰ってな」と重ねて千夏に言っていた。

（大丈夫、家への道は慣れているもの）

まるで今、豊に囁《ささや》かれでもしているように、電話で彼に応えた台詞を、そっくり同じ口調で心の内で繰り返す。

(ふふ、ほんとだってば。目を瞑《つぶ》ってでも帰れるぐらいよ)

明けるか明けないかという時刻だからだろうか、さすがに道もさほど込んではおらず、まずは快調なドライヴだった。

が、そのうちに、ちらちらと白いものが、千夏の目のなかを舞いはじめた。雪——。

(嘘。参ったな。スパイクもチェーンも積んでないわよ。天気予報では、この年末年始はずっと晴れだって言ってたじゃないの)

万が一降り続いても、家に帰り着くまでに積もるということはないだろう。問題は、年明けの東京への帰路だ。降雪の後、凍結した道路を運転して帰るのはやはり怖い。

(ま、その時はその時だわ)

気楽にと、意図して自分を持っていきながら、車を進める。

が、フロントガラスにぶつかってくる細かな雪を目にしながら、白い道を走り続けているうち、次第に千夏は自分の脳がふわりと頭蓋骨から浮き上がるような、奇妙な感覚を覚えはじめていた。自分が走っているのか止まっているのか、刹那《せつな》、見失うような心地。間断なくフロントガラスにぶつかってくる雪に視神経が刺激されて、ちょっと眩暈《めまい》か錯覚を起こしはじめているような感じだった。

（危ない、危ない。気をつけなくちゃ）

気を引き締めるように背筋をのばし、目を見開く。けれども、一度浸《つ》かってしまった非現実感から、容易に自分を引き戻すことができない。

「千夏。あんた、そんな夢みたいなことばっかり言ってないで、ちょっとはしっかりしてよ」

頭の上から降ってくるように、あや子の声が千夏の耳に聞こえてきた。助手席にでも坐って言っているのかと思うぐらいに、大きく鮮明な声だった。

「クレイアートだか何だか知らないけど、そんな子供じみた粘土細工……。どだいそんなもので食べていける訳がないじゃないの」

「何か手に職をつけるか、きちんとしたところに就職するか、そのどちらかにしないと、いずれ自分が困ることになるぞ」

あや子の言葉に続けて、父の則政の声も降ってくる。

「お母さんの言う通り、夢みたいなことばかり考えていて、地に足がまったく着いていないところが、お前の一番よくないところだ。いい加減大人になれ」

え、何を言っているの？　私は最初「ロータス」に勤めて、それからクレイアート作家になるという自分の夢をちゃんと叶《かな》えたじゃないの——、耳に聞こえてくる両親の非難の声に抗弁するように千夏は心のなかで言った。

しかし、両親の声はなおも続く。

「ねえ、千夏。あんた、もう三十半ばになろうとしているのよ。なのに、いつまでこんな暮らしを続けているつもり？　あんなどうしようもない男とは別れて、とにかく一度うちに帰ってらっしゃい」

「ただ博打《ばくち》好きのちんぴらじゃないか。そんなろくでなしのために昼も夜も働いて、自分のからだを壊してどうする？　自分の人生を棒に振ってどうする？　お前はまだ目が覚めないのか」

「どうして別れられないの？　あんな男はもうご免だって、前に自分でも言っていたじゃないの。それなのに――」

「もう少し歳がいってみろ。役に立たないとなったら、ぼろくずみたいにぽいと捨てられるのがオチだ。そうなってからじゃ取り返しがつかないんだよ」

「もう見ていられないわ。今のまんまじゃあなた、荒《すさ》んでいく一方よ」


…………


（え？　何？　いったい何なの？　二人とも何を言ってるのよ？）

行き惑うような思いに、次第に頭がくらくらするのを覚えながら、ハンドルを握り直す。指で固くハンドルを握りながら、ふと千夏は、疑問の念に見舞われた。もうどのぐらい走った？　今はどこ？　国立《くにたち》・府中インターは過ぎた？　それじゃ八王子インターは？　ここ、中央高速？　ちょっと待って。私、どこに向かって走っているの？　どこに帰ろうとしているの？……。

目のなかに、はっきりとエルムハイツが像を結んだ。エルムハイツの四角い建物、乱雑でせせこましい部屋のなか、テーブルの上の飲みかけの缶ビール、煙草の喫殻が溢《あふ》れた灰皿、ちょっと斜《はす》を向いたどこか面白くなさそうな村沢の顔……。

瞬間、千夏は、自分がエルムハイツに向かって車を走らせていることを、はっきりと悟った。なぜなら、千夏が帰るところはあそこしかないからだ。

いつも、何かおかしいとは思っていた。その正体が、今しかと見えた気がした。

よくよく考えてみれば、地元の四流女子短大を卒業し、「ロータス」の大月配送センターに勤めるようになった千夏が、どこの書店にも置いてあるメジャーな女性誌のイラスト部分を担当できるようなクレイアート作家になどなれるはずがない。「ロータス」でやっていたのは、発送伝票の処理や在庫管理で、いつもコンピュータの端末と向き合っているような、いたって地味な仕事だった。一方、クレイアートはと言えば、趣味の範囲を一歩もでておらず、社内報の「わたしの趣味」という欄で取り上げられたことはあっても、千夏の作品が社内報や広報誌を飾ったことは一度もない。第一千夏は、本社勤務でもなければ、もちろん編集局の人間でもない。

華やぎがなく、面白みも何もない生活。そうした毎日にいい加減うんざりしている頃、うわべだけは調子のいい村沢と知り合って、落とし穴にでも落ちるように、彼との関係にはまり込んでしまった。やがて家をでて、甲府で村沢と暮らしはじめた。その後もしばらく大月の配送センターに通っていたが、夜にアルバイトをしていること、無断で住居を変えていたこと、しかも男と暮らしていることが会社にばれ、つい最近、「ロータス」を退職した。かたちの上では退職だが、実質解雇だ。

今は――、甲府市内にある「白夜《びゃくや》」というスナックでホステスをして働いている。源氏名は、千夏の苗字《みようじ》の小山の山を引っ繰り返してマヤ。飲んだくれて酔っ払うと、千夏はママの凜々子《りりこ》相手に愚痴をこぼす。

「ああ、何だろ、私の人生。本当はこんなじゃなかったんだけどなあ」

「じゃあ、本当はどんなだったのよ?」

煙草をふかしながら凜々子が問う。

「えへ、クレイアート作家」

「そういえばマヤちゃん、前にもそんなこと言っていたわね」

「ねえ、ママ、知ってる? イギリスの〝ウォレスとグルミット〟っていうクレイアートのアニメ映画? 私さあ、ああいうのを作りたかったのよ。――ううん、そんなにメジャーじゃなくてもいい。パンフレットか何かで〝みみっち〟や〝ボンボ〟を使ってもらえたら……」

「その〝みみっち〟や〝ボンボ〟っていうのは何なのよ?」

「私が作ったクレイアートのキャラクターの名前」

「キャラクターの名前?」ワインレッドの口紅を塗った唇を光らせながら、凜々子が笑った。「いやに具体的なのね」

「だって、私、夢を見るんだもの、クレイアート作家になってる夢。それも毎晩のようによ。私は東京の高井戸のパークタウンっていうマンションに住んでいて、そこを仕事場にして作品作ってるの。作品は、『セラヴィ』や『ビバリー』なんかにも載っていて……」

「『セラヴィ』や『ビバリー』? また大きくでたわね」

「夢のなかではそうなのよ。広告代理店に勤める歳下の彼氏がいてさ」

「その彼氏にも名前がある訳?」

「あるわよ。浜田豊。これがまたいい男なのよ」

「やれやれ。まるで『邯鄲《かんたん》の夢』ね」

「『邯鄲の夢』? 何、それ?」

「あれ? 知らない? 中国のお話よ。お能にもなってるじゃない? 盧生《ろせい》という青年が邯鄲の里で雨宿りをしていると、帝《みかど》の使いが迎えにきて、盧生は都にいって帝になる。で、栄耀《えいよう》栄華をきわめて酒宴で舞いに興じる。言わば最高の人生を送る訳よ」

「それが?」

「ところが起こされて目覚めてみると、まだ邯鄲の里で雨宿りをしていた――」

「つまり夢？　みんな夢だったってこと？」

「そう。しかも粟《あわ》の飯が炊《た》けるまでのほんの短い時間にみた夢にすぎなかったってお話。ま、人生なんてそんなもの。夢が現《うつつ》か、現が夢か、っていうことね」

「だったら」千夏は爪を嚙みながら言った。「夢の方がいい。私は夢の人生の方を生きたい」

「いいじゃない。あんたは自然と夢で理想の人生演じられてるんだもの。そっちが現実だと思えばいいのよ」

「それじゃこっちが夢？　今の私は夢のなかの私？」

「そ。村沢ちゃんみたいなつまらない男に捕まって、『白夜』なんて場末のスナックでホステスしているあんたの人生の方が夢」

「夢……そりゃいいわ」

「ふふ、そうよ。こっちが夢。そう思えばそれでいいのよ」

「あはは、そうか、こっちが夢か」

………

雪はいつの間にかやんでいた。あたりには明るい光が満ち、世界は現実の色と輝きを取り戻している。

だが、千夏はいまだ昼夜の境目もなければ夢現の境目もない世界をさまよい続けているような心地だった。

いやだ、エルムハイツになんか帰りたくない。あれが現実ならば、あんな現実になんか戻りたくない——、心で悲痛な叫びを上げながら、どこかで車をUターンさせることができないかと目で探す。ここが高速道路なら、当然車をUターンさせることはできない。どこかのインターで一般道路に降り、それから逆方向に乗り直さなければならない。しかし、自分は今、いったいどこを走っているのか。それに車を逆に走らせれば、元の現実に戻れるのか——。

（元の現実？　クレイアート作家の私。あれはやっぱり夢なの？　現実じゃないの？）

自分が向かおうとしているところが現実なのか夢なのか、それさえわからなくなりながら、闇雲に車を走らせる。

（もしもあっちが現実だったら、まだ脳に腫瘍があるっていう現実の方がマシよ！）

エルムハイツでの暮らしを思い浮かべながら、再び心で叫びを上げる。いや、今こうしていること自体が夢であってくれ、とも願う。

一切を違《たが》えようとするかのように、千夏はハンドルを握り締めながら、口のなかで呟いた。

なかきよのとをのねぶりのみなめざめ
なみのりぶねのをとのよきかな

化粧

1

北病棟一一九号室の入院患者、沖藤《おきふじ》キヨが、深夜に息を引き取った。八十一歳だった。

「津崎さん、一一九号室のセッティングをお願いします」

朝、看護師主任の垣内緑に言われて行った時には、遺体はもちろん、何もかもがきれいさっぱり運び出された後で、部屋はひたすら閑散としていた。心電図や心拍を見るモニターもない。単に目に見えるものばかりではなく、何だか気配そのものが、すぽりと抜け落ちてしまった感じがした。

津崎克子は、昨日までキヨが身を横たえていたベッドに向かって、目を瞑《つぶ》ってじっと掌を合わせた。南無阿弥陀仏――。

患者が死ぬと、家族は忙しい。それは病院が、病人を収容するところではあっても、死人を置いておくところではないからだ。家族は葬儀屋のストレッチャーを積んだ車が到着するまでの間に、病室内の私物すべてをまとめて、遺体ともども速やかに病院を退去しなければならない。大きな紙の手さげ袋のなかに、パジャマから下着から歯ブラシから……一切合財《いっさいがっさい》を詰め込んで、頭の外も内もしっちゃかめっちゃかという体《てい》で、慌ただしげに病院を後にした遺族たちを、克子は何組も目にしてきた。

一一九号室は個室だ。差額ベッドの扱いになるから、医療費とはべつに一日二万円近い金がかかる。キヨは四ヵ月余りを、この一一九号室で過ごした。八十一歳という高齢のこと、医療費はさほどかからないとはいえ、三百万近い入院費がかかった計算になる。

お洒落《しゃれ》なおばあちゃま、キヨはそんな印象の女だった。黒々とした髪をいつもきれいに結い上げて、顔にもうっすらと化粧をしていることが多かったし、パジャマやタオルやスリッパも、みんなブランドものを使っていた。歳《とし》には不似合いなほどに黒々とした髪も、秘密は中国から直《じか》に取り寄せた漢方のヘアクリームにあるようだった。そのクリームを、毎朝丹念に頭髪にすり込む。すると、生え際が白くなることもなく、黒い髪の毛が生えてくるらしい。安いクリームではない。お洒落で、おまけにお金持ちのおばあちゃま——。

キヨの世話は、もっぱら志穂という名前の孫娘が焼いていたが、二十代後半のその孫娘も、見栄えもよければ身なりもよく、言葉使いもていねいで、いかにも良家の育ちという感じがした。だから、一一九号室は病院にしては珍しく、薬品の匂いでもなければ便臭、尿臭でもなく、いつもほのかに香料の匂いが漂っていた。

キヨもキヨの荷物もすでにない。だが、匂いまでは完全には消えていなかった。克子には、その残り香が、キヨが残していった唯一のよすがのように思えた。

北病棟で働くようになってから、克子はいったい幾人の人を見送ったことだろうか。この国府《こくふ》病院のなかでも北病棟は、体力が底値になった高齢者や、病が重篤で末期的症状を呈している入院患者……いわば先の希望がない患者を収容している。患者自身は知るまいが、よその病棟から北に移されてきたとなれば、それはそろそろ危ないということを意味している。北病棟の脇には、人目から隠すようにひっそりと、小さな建物が建てられている。時にそこから線香の匂いが漂ってくることに、気がついている人間もいるかもしれない。当然のことながら、一番死人のでる確率の高い病棟の近くに、霊安室はある。

病院で克子は、エイド、もしくはエイドさんと呼ばれている。それが一般的な呼称なのか、一部病院だけに通用している呼称なのか、克子も知らない。看護師でもなければ掃婦でもない補助係。シーツや枕カバーを換えたり、備品を整えたり、看護師に頼まれれば寝返りの打てない患者のからだを一緒に抱えて向きを変えてやったり……それがエイドの仕事だ。楽な仕事ではない。ことにここ、北病棟のエイドの仕事は。

ベッドを基準の高さに戻し、床擦れ防止用のエアマットをはずした。次の瞬間、克子の手の動きがぴたりと止まり、思わず目がベッドの上に釘《くぎ》づけになった。

エアマットの下に、まるでごっそりと引き抜いたかのようなキヨの黒髪が、束になって挟まっていた。息を呑み、しばし黙って見つめた後、克子は唇を引き結んでそれを摑《つか》むと、屑《くず》かごのなかに無造作に捨てた。

マットの間にあれだけの髪の毛がはいるというのは、ふつうでは考えられないことだった。とはいえ、まさかキヨが故意に入れたとも思えない。キヨがここで過ごした四ヵ月の間、一日一日の積み重ねのうちに自然にはいり込んだ髪の毛が、いつしか束になったと考えるよりほかにないだろう。

刹那《せつな》、克子は、キヨのつけていたヘアクリームの匂いを嗅いだような心地がした。その匂いは、キヨの髪の毛を摑んだ自分の手から立ちのぼってきているようでもあった。

(駄目、駄目。余計なことは考えないの)

自分自身に言い聞かせ、小型の集塵機《しゅうじんき》で髪の毛や塵《ちり》を吸い取り、ベッドを整えてからロッカーの消毒をして、その後通常の業務に戻るべく、リネン室へと足を向けた。

リネン室には、先輩格のエイドの中松ちえりがいた。ちえりは六十八歳、克子よりもひとまわり近くも年上だ。本当のところ、エイドを務めるには無理のある年齢だ。けれども、彼女はよく弾むゴムまりみたいな肉厚のからだをしていて、内臓も丈夫ならば足腰も丈夫で体力もある。そもそも、北病棟はエイドの定着率がよくない。長年北病棟でエイドをしているちえりは、病院にとっても重宝な存在だ。それゆえ彼女はその歳になっても、働くことが認められていた。

おはよう、と、ちえりが明るい笑顔を克子に向けた。扁平《へんぺい》な顔立ちをしているが、日に焼けた茶色の肌には艶《つや》があって、笑った時にできる目尻の皺《しわ》も、バタ臭いような愛嬌《あいきよう》を感じさせる。歳より若い六十八歳。

「一一九の沖藤さん、昨日の晩、亡くなられたんですってね」

ちえりが言った。

「ええ。今、片づけに行ってきたところ。何もかもが跡形もなくなっていて、何だか嘘みたいだった」

「歳がいっても女たるものかくあるべし——、お手本にしたいような、身ぎれいで上品なおばあちゃまだったけどね」

克子の脳裏に、束になったキヨの黒髪が甦《よみがえ》った。無意識に、唇をまた引き結ぶ。

「ねえ、津崎さん」

ちらっと横目で克子に視線を走らせながらちえりが言う。その間も、ちえりはシーツの数を各室ごとに整える手を休めていない。

「沖藤さんに息子さんがいるって話、あなた、聞いてた?」

それなら、志穂の父親のことだろう。横浜の大手水産加工会社の重役。息子は忙しい身だし、嫁はからだが丈夫でない。それで孫娘の志穂が病院に通ってきている……たしかそんな話だった。

「私もそう聞いてたけど、どうもことの真偽が怪しいみたいなのよね」

「真偽が怪しい？」

「津崎さん、今日、忙しい？　帰りに夕ごはんを一緒にどう？　話はその時ゆっくりと」

「いいわ。私は大丈夫」

「じゃ、決まり。そうとなったら、今日はシーツ交換の日だから、十時になったら一階から一気に換えていこう。今週はベッドが埋まってるから、その分ちょっと骨だけど、呼吸《いき》を合わせて頑張って終わらせちゃお」

そう言って、ちえりは再び屈託のない笑顔を克子に向けた。その目は茶目っけを感じさせる光を底から放っていて、命の勢いのようなものを感じさせた。ちえりはからだのみならず、心も強い。良くも悪くも前向きなひと。

北病棟のエイドは基本的に二人、よその病棟からヘルプがくることもあるが、だいたい克子とちえりでこなしていた。シーツ換えのような仕事は、ペアで行なう。きびきびしていて身惜しみしないちえりは、組むには楽な相手だ。思えば克子はエイドとして働くようになってから、ずっとちえりに助けられてきた。面倒見がよく、しゃきしゃきとしたちえり。どちらかというと内気でおとなしい克子。二人は性格が異なるだけに、かえってうまくいったのかもしれない。

子分肌――、死んだ夫の久行から、克子はよくそう言ってからかわれたものだ。自分で何かを計画して、事を成そうということなど、てんから考えない。強い人、自信ありげな人の後ろにひたすらついていく。それが克子の生き方だった。久行は、特別強い男ではなかったかもしれない。でも、自分の生き方というものがはっきりと定まっていたし、決して道を踏み外すことがないという安心感を与えてくれる男だった。だから克子は、自分では何も考えず、ただ久行についてきた。その久行が、よもや五十半ばという若さで克子を残し、ひとりあの世に旅立ってしまおうとは、克子とて思ってもみないことだった。

当時、一人娘の秋実《あきみ》は成人して働いていた。貯金もそこそこあったから、すぐさま生活に困ることはなかった。そうはいっても、何もしないで過ごしていれば、銀行預金の残は減る一方だ。毎月少しずつ減っていく通帳の数字を見るのは、やはり気鬱《きうつ》だったし不安だった。それでようやくみつけたのがこの仕事。当時、克子も五十四になっていた。

現在克子は五十七歳、今は歳をとるのが楽しみだ。六十五歳になれば年金がもらえるから、食べていくには困らない。秋実は嫁ぎ、孫も一人できた。もはや憂えることはない。ただし、秋実は小倉の水道工事屋の跡取り息子に嫁いだので、あちらに行ったきりで、ろくに孫の顔も見せにこないが。

2DKのマンションでの一人暮らし――、寂しいことは否めない。だが、仕事によるからだの疲れが、孤独を忘れさせてくれることも多い。経済的にも精神的にも、たぶん克子はこの仕事に救われていた。

ちえりも、目下一人暮らしということでは克子と同じだった。違うのは、彼女の場合は死に別れではなく生き別れ。子供はなく、当然ながら孫もない。しかし、彼女に孤独の影のようなものはなく、あるのは若い時分に結婚していた頃の、すばらしい思い出だった。恐らくは、それがちえりが生きていく上での活力になっている。克子は、そんなちえりを羨《うらや》ましく思う。久行は、真面目な夫ではあったが、面白みのある男ではなかった。夫婦の間にあったのは、ごく淡々とした日常だけで、人に語れるような思い出はない。たぶん久行も克子も、あまりに平凡すぎたのだ。

それにしても、ことの真偽が怪しいとはどういうことか——、シーツの数を勘定しながら克子は思った。同時に、瞼《まぶた》にまたあの黒髪の束が浮かんだ。粉っぽいような甘さを含んだキヨのヘアクリームの匂いを思い出して、克子は眉を顰《ひそ》めていた。

2

克子の勤める国府病院は、ちょうど国分寺市と府中市の境目にある。だから国府病院と言うのか、それとも府中に国府が置かれていたのでそう言うのか、克子も確かめたことはない。いずれにしても、この辺りはどういう訳だか大きな病院の多いところで、総合病院や精神病院が、杜《もり》のなかに並んでいる。

国府病院のすぐ脇は国分尼寺《こくぶんにじ》跡。かろうじて門や柱の礎石が残されてはいるものの、今は少し盛り上がったただの平たい原っぱでしかない。その裏手を鎌倉古道が走っていて、そばには黒鐘《くろがね》公園という自然の緑に溢《あふ》れた大きな公園がある。黒鐘公園は、市民の人気投票でも一、二を争う公園らしいが、克子はこの公園に怖さを覚える。杜の暗さが異様に深い気がしてならないのだ。大きな雑木林がそのまま残されているようなところだから、一歩杜にはいると昼なお暗いといった感じになる。その杜のなか、木々の合間を縫って走るような鎌倉古道もまた暗く、車がすれ違うにも難儀するような細道だったが、その道だけは拡張されて明るくなった。

以前、克子が黒鐘公園を歩いていた時、自分の頭の上が急に翳《かげ》ったことがあった。不審に思って見上げると、影を作るほどに夥《おびただ》しい数の鳩《はと》の群が、電線に重なり合うようにして止まっていた。夕刻には、からすもたくさん杜の塒《ねぐら》に帰ってくる。残された小さな自然に競い合うように集《つど》う生き物たちの密度が高すぎて、逆に克子は自分の存在が脅かされているような恐怖を覚える。いつだったか、杜の入口で猫の死骸を見たこともあった。猫は、死期が迫ると自ら姿を消し、骸《むくろ》を人目に晒《さら》さないものだと思っていた。ところが、杜に通じる階段の脇、猫は真っ赤な口をぐわっと開けて、目を見開いたまま息絶えていた。赤い口にたかって卵を産みつけている何匹もの蠅《はえ》、無念の形相と呼ぶにふさわしい猫の顔……その光景を目にした時、克子は杜に蠢《うごめ》く悪意のようなものを感じた。杜は生きた動物たちばかりではなく、目には見えないものたちもまた、多数集まってくるところのようだ。

府中街道を挟んだ向こう側は武蔵国分寺跡。かつては奈良の東大寺にも匹敵する、諸国最大規模の国分寺が建っていたところだという。その国分寺も国分尼寺も、元弘《げんこう》三年、新田義貞による鎌倉攻めの際に焼き尽くされた。考えてみれば、ここではたくさんの人たちが、戦火に焼かれて命を落としている。鎌倉古道も戦《いくさ》の兵が通った道だ。人の怨念《おんねん》ということを思えば、ここらは決してよい土地柄ではない。そんなことが頭の端にあるせいか、克子の目には杜のなかに建つ四角いコンクリートの病院が、巨大な墳墓のように見えたりもする。

「津崎さんはそういう歴史のこと、本当によく知っているわねえ」

克子がつい話し出すと、決まってちえりは感心したように言う。しかし、それらはすべて死んだ夫の受け売りだった。久行は、中学校の社会科の教諭をしていた。とりわけ郷土史に関心のある男で、休みの日ともなると自転車に跨《また》がって、国分寺跡、分倍河原《ぶばいがわら》の古戦場、甲州街道の宿場跡……近辺の史跡をあちこち訪ね歩いていたものだ。それが久行の唯一の趣味と言えるものだったが、史跡めぐりの途中に自転車ごとトラックの後輪に巻き込まれて、遂に家に帰ってこなかったことを考えれば皮肉な話だ。

「それでね、沖藤さんのことなんだけどさ」

「善兵衛」の席に腰を落ち着けるなりちえりが言った。誰に気兼《きがね》のない一人ものの女同士、ちえりと克子は、時々夕食を共にする。ファミリーレストラン風の居酒屋チェーン「善兵衛」は、ご飯ものもあればうどんや定食も揃《そろ》っているので行きつけにしている。

「息子さんが遺体を引き取りにきたらしいんだけど、それが茨城から車を飛ばしてやってきたっていうじゃない」

「茨城？　だって、沖藤さんの息子さんは――」

それぞれ、とちえりが頷《うなず》きながら言う。

キヨの息子は茨城の左官、横浜の大手水産加工会社の重役などではなかった。一時は東京で暮らしていたものの、やがて妻の郷里の茨城に行き、地元の左官屋に勤め直した。当時、キヨはすでに夫を亡くして独り身だったが、昔から息子とも嫁とも反りが合わず、我を張るような恰好《かっこう》で東京に残った。埼玉には娘の嫁ぎ先もあり、いざとなれば何とかなると思ったのかもしれない。だが、その娘一家とも、キヨはうまくいかなかった。それがゆえの長年にわたる一人暮らし。会社の寮の賄《まかな》い、飲食店のお運びさん、ビルの清掃……そんなことをして、キヨは年金のもらえる歳まで食いつないできた。国分寺市内にある住まいは、朽ち落ちんとしているような古い借家だという。建て直そうにもキヨがどうしても立ち退《の》いてくれないものだから、家主もほとほと困り果てていたらしい。

「爪に火を灯《とも》すような、それはつましい暮らしぶりだったってよ」ビールをごくりと飲んでちえりが言った。「十円二十円でも値切っては、小銭をゆうちょに入れるみたいな」

「まさか。だって、身につけているものも上等の品ばかりだったし、それにきれいなお孫さんがいらしたじゃない？　あのかたも、見るからに暮らしぶりがよさそうだったわ」

「ああ、あれ？　あの人、アルバイトなんだって」何ということもなさそうにちえりが言った。「ずいぶんいい日当をもらっていたらしいわよ」

食欲が、失《う》せていくような気分だった。克子は眉間《みけん》に薄い翳を落として、目の前の和物《あえもの》を、面白くなさそうな顔をして箸《はし》でつついた。

「でも、変よ。それほどの倹約家なら、個室になんかはいらないんじゃない？」思い直したように克子は言った。「それに、アルバイトに高い日当を払ったり、ブランド品を買ってくるように頼んだり……もったいないわ」

「それはあなた、今回入院ということになって、自分の死期を悟ったからでしょう？」

たしかに、この先長くないとなれば、金など持っていたところで意味がない。それでキヨは、ここぞとばかり贅沢《ぜいたく》をして個室にはいり、これまで買いたかったもの、使いたかったものを、アルバイトの孫娘まで雇って手に入れたということか。いや、キヨはもともとこの時のために、せっせと金を貯《た》めていたのかもしれない。死に際して、惨めな思いをするのはご免。せめて死に際ぐらいはきれいにいきたい。

「患者さんを区別するつもりなんて毛頭ないけど、やっぱり相手がお金持ちのきれいな年寄りで、身なりのいいきちんとした家族が定期的に面会にやってくるとなると、看護師だって誰だって、粗略に扱ったりしないものね。沖藤さんが求めていたことって、そういうことだったのかも。ま、女の最後の意地ってやつかしらね」

だとしたら、きれいに結ったキヨの黒髪や薄化粧は、いつあの世に旅立ってもいいようにという死に化粧だったのだろうか——、克子は思った。

「ああ、いやだ、いやだ。つまらない」

不意にちえりが吐き捨てるように言って、乱暴な手つきでわかさぎのから揚げを口に運んだ。不機嫌そうに曇らせた顔で、口のなかのものを咀嚼《そしゃく》しながら続ける。

「まったくさ、常男も常男だわよ」

「え？　常男って？」

「だから、沖藤さんの息子さん」

息子の常男は、キヨが個室にはいっていたことに大いに驚き、お袋はけちなくせに無駄金を使うとか、昔から変に見栄坊で嘘つきだったとか、自分の親をさんざん腐した果てに、仏頂面で遺体を引き取り帰っていったという。

「そんなこんなで、昨日の夜中、病院はちょっとした騒ぎだったらしいわよ」

「それで何もかもバレちゃったって訳か……」

「沖藤さんが、自分で稼いで貯めたお金じゃない？　何に使おうが構いやしない。ろくに親の面倒を見もしないで、そんなことまでがたがた言ってほしくないわ」

「たしかにね」

「母親が最後にお金をかけてついた嘘ならば、嘘をつき通させてやるのが情けだろうに」

ちえりの言葉に頷きながらも、一一九号室のなかの世界がすべて虚飾だったということが、克子はまだ実感できずにいた。金持ちの上品な老婦人――、キヨは自分が自分に当てはめた役柄を、それぐらい完璧にこなしていた。キヨの嘘、それも自分に施した、一種の化粧だったのかもしれなかった。

3

朽ちはてぬ名のみ残れる恋が窪《くぼ》
今はた訪《と》ふもちぎりならずや

国府病院の北東の辺り一帯が、准后道興《じゅごうみちおき》の歌にも残る恋ケ窪という地域に当たる。かつて、現在の埼玉県比企《ひき》郡の辺りの館から鎌倉へ通う武将、畠山次郎重忠が、この宿場の遊女夙妻《あさづま》と恋に落ちた。やがて重忠は平家征伐軍に加わり西下。夙妻の許には重忠戦死の偽りの報が届けられた。悲嘆した夙妻は、姿見《すがたみ》の池に身を投げて、自ら命を絶ったという。

一一八〇年というから、今から八百年以上も前の話になる。

今はまさに「名のみ残れる」という感じ。ここに宿場があったことや、武将を惑わすような美しい遊女がいたことなど嘘のようで、そのようすがもない。当時、里人が姿見の池に夙妻の供養のために塚を作り、松を植えたというが、その塚も松も現物は見ることができない。ただ、街道沿いの東福寺という寺に、傾城《けいせい》の墓と記された夙妻の墓と三代目に当たる松とが残されている。地元の人たちは、その松を、一葉松《ひとはまつ》と呼んでいる。

克子は、恋ケ窪の隣の泉町に住んでいる。前はもっと奥にはいった五日市《いつかいち》街道の辺りに住んでいたのだが、女の一人暮らしに一軒家は不用心だ。それで病院に歩いて通える泉町のマンションに引っ越した。

武蔵国分寺も姿見の池も……何もかもが昔のままに残されていたなら、ここは東京でも有数の史跡観光地になっていたはずだと、久行はよく嘆いていた。克子が住む泉町のマンションの部屋は六階にあり、東の窓を開けると国分寺跡から恋ケ窪にかけての辺りが一望できる。このマンションを選んだのも、どこかで久行を引きずっていたからかもしれない。

「そうそう、アルからまた手紙がきてね」

あの日、「善兵衛」で、さんざんキヨの話をした後、ちえりはバッグのなかからやおら一通のエアメールを取り出した。差出人はアルバート・ニック・コールマン、ちえりの元夫だ。アメリカ人。彼は今、カリフォルニア州のロサンゼルスで暮らしている。アルは、戦後十年ほどして近代ビルディングの建築家として日本にやってきて、その時ちえりと知り合い結婚した。六年間の結婚生活の後に別れたのは、アルが日本を終生の地とは考えておらず、ちえりもまた、アメリカを自らの終生の地と思い切れなかったからだ。つまり、二人はそれぞれに、相手ではなく、生まれ育った土地を選んだ。

以前、少し色褪《いろあ》せた昔の写真を、克子も何枚か見せてもらったことがある。一九五〇年代から六〇年代にかけての最新の家電やモダンな家具の揃った広尾のアパート。そこにひろがっているのは、戦後誰もが映画で見て、一度は憧《あこが》れた暮らしだった。丸顔で鼻筋の通った、ちょっと小生意気そうな顔をした若かりし頃のちえり。着ているのは、ノースリーブで、ウエストのきゅっと締まったフレアスカートのワンピース。傍らのアルはといえば、モノクロの写真からでも金髪碧眼《へきがん》ということが窺われるような、長身で二枚目の典型的なアメリカ人男性だった。

「すてきな旦那《だんな》さん」思わず克子は、溜息混じりに言ったものだ。「私だったら絶対にこの旦那さんにくっついて、一緒にアメリカに行ったのに」

アルは故郷に帰って一度結婚したが、その妻ともやがて離婚。今は弟夫婦と暮らしていて、十数年前から月に一、二度、近況報告をするような恰好で、ちえりに手紙を寄越すようになったという。

「今は私も英語なんか全然使わないから、すっかり忘れてしまっていて、読んでもわからないところが多いんだけどね」

それでもちえりも三、四通に一通ぐらいは、辞書を引き引き返事を書いているらしい。

「今のアルの写真はないの?」

克子の問いに、ちえりは甘さと苦さ、双方を含んだ笑みを口もとに浮かべて小さく首を横に振った。

「おじいさん、おばあさんになった姿を見たって、興醒《きょうざ》めするだけじゃない? だから、最近の写真は送り合わないことに決めてるの。いい時のアル、いい時の私を、お互いの胸に刻みつけておくのが一番なのよ」

アルはちえりの誕生日には、歳の数だけ薔薇《ばら》の花を抱えて帰ってくるような男だったという。そういう素地のある女と知ってから、克子のなかで不思議とちえりの見え方が変わった。オレンジがかった口紅、水色のシャドー、弓なりに細く描いた茶色の眉、奇抜な柄のカラフルなブラウス……それまで些《いささ》か品を欠いていると感じられていたすべてのものが、どこか日本人離れしていて、垢抜《あかぬ》けしたものに思えるようになった。コピーではなくカピー、ハムエッグではなくハムアンエッグ……何気ないちえりの言葉にもはっとさせられた。それらは輝きに満ちたちえりの過去を彷彿《ほうふつ》させずにおかない。ただの老女ではない、私にはかつてすばらしい時があったという自信が、ちえりの目や表情に力を与えているし、今を生きる活力になっている。それがあるから、彼女は看護師にも患者にも他の誰にも、なめられることがない。さすがにちえりもそこまでは口にしないが、ひょっとすると彼女はアルから「チェリー」などと呼ばれていたのではあるまいか。想像すると、克子の方が赤面しそうになるが、その想像も、あながちはずれていない気がする。さくらんぼの柄のスカーフにワンピース、さくらんぼの形をしたイヤリング……ちえりはさくらんぼの好きな女だ。石原裕次郎、赤木圭一郎、浅丘ルリ子……まったく、往時の日活映画のような過去だと思う。

一方、克子には、見事なぐらいに何もない。これから十年余りが経ち、ちえりの歳になった時、克子はちえりのようにいきいきと、エイドをしている自信がない。かといって、秋実はとうていあてにできない。だとすれば、寂しい老女の道をまっしぐらか——。

考えだすと、歳をとるのが楽しみだと言いながら、奈落に落ちていくような気分になる。克子はふと、今の自分に何ができるだろうかと考えた。それに縋《すが》って生きていけるような薔薇色の思い出など、いまさら作れるはずもない。ならばキヨのように倹約して、せめて自分の死に際をきれいに飾ることか。けれども、キヨの黒髪の束の絵が、死してなお纏《まと》わりつく執念のように克子の脳裏から離れない。あれを目にしてしまったから、キヨの真似《まね》はしたくないと思う。

自分のなすべきことが見出《みいだ》せないまま、克子はわれ知らず湿った吐息をついていた。

4

暑くて長い夏だった。お蔭《かげ》でこの八月、北病棟では、四人の入院患者をあの世へ送りだすことになった。暑い夏は老人を殺す。病人を殺す。もちろん、病棟内はクーラーが効いていて、室温が一定に保たれているが、窓を締め切った状態、乾燥した空気というのがまた病人には好ましくない。目には見えなくても、様々な菌や化学物質が、病院内にはうようよと空気中を漂っているのだ。

その容赦なかった夏もそろそろ終わりに近づき、朝夕の風に心なしか秋の気配が感じられるようになってきた。とはいえ、周囲の杜の緑は依然濃く、そこにできる闇も深い。いや、秋になっても冬になっても、この近辺は、木々の合間や木立の蔭から、ひょいと何かが顔をだしそうな気配がある。ここはもとから人が死ぬ場所なのだ――、克子は思うことがある。戦乱の地、寺のあった土地……どうあれ人の死というものと無縁でない。まるでそこに誘《おび》き寄せられたかのように、幾つもの病院が建ち並んでいる不思議。思えば、戦火の際に持ち出され、焼失を免れた武蔵国分寺の御本尊は、薬師如来坐像だったはずだ。病に苦しむ人が救いを求めて集まった場所ということでも、ここは過去と現在とが重なっている。たとえこれから五百年経とうが千年経とうが、ここは病院か寺か墓場か……克子はそんなことにしかなっていない気がしてならない。

グロリア商会の野沢と名乗る男から家に電話がはいったのは、九月も末、日曜の宵のことだった。また何かのセールスだろうと思い、最初克子はいたって無愛想な受け応えをしていた。ところが、男は切羽詰まったような声で、中松ちえりという女性と知り合いではないかと問うてきた。

「中松ちえりさん……彼女なら、職場の同僚ですけど」

聞けば、ちえりが八王子《はちおうじ》市にあるマンションで倒れ、市内の救急病院に運ばれたという。

「脳内出血を起こしたようなんです」男は言った。「容体の方も、どうも芳しくなくて」

ちえりの持っていたメモに、たまたま克子の名前と電話番号が記されていた。それでまず真っ先に、克子のところへ電話を寄越したということだった。

「津崎さん。中松さんのご家族、あるいはご親戚《しんせき》の方のご連絡先をご存じありませんか」

ちえりは、親兄弟はすでになく、自分は天涯孤独の身だと話していた。親戚ぐらいはいるのだろうが、詳しく聞いたことはない。

受話器を握り締めたまま、血の気の退《ひ》いた回転ののろい頭で考える。アル——。

「あの、中松さんには別れた旦那さんが……」克子は言った。「アメリカ人で、アルバート・ニック・コールマンという名前の人なんですが」

野沢は、アメリカではあまりに話が遠すぎると思ったのか、一瞬言葉に詰まった後、克子の言葉を無視して言った。

「お休みのところまことに申し訳ないのですが、八王子の救急病院までご足労願えませんでしょうか。何しろ、現段階でわかっている中松さんのお知り合いは、津崎さんよりほかいないものですから」

ちえりが脳内出血を起こして死にかかっている。それを耳にしながら、知らん顔をしている訳にもいかない。克子は、急いで着替えを済ませて家をでた。タクシーのなかで考える。八王子のマンション、ちえりはどうしてそんなところにいたのだろうか——。

克子はまだ一度も訪ねたことがないが、ちえりの住まいは府中市にある。八王子に知り合いや親戚がいるという話も聞いたことがない。そもそも、八王子の誰かのマンションを訪ねたのなら、その家の主《あるじ》がちえりの知り合いではないか。わざわざ克子に電話を寄越し、病院まで呼びつける必要はあるまい。

(グロリア商会って何？　野沢って何者？)

答えを導きだせないまま病院に着くと、野沢が玄関口で克子を待ち受けていた。五十代後半、克子とほぼ同年代の痩せた男だった。野沢の顔を見た時、克子は誰かに似ていると思った。そして、すぐにそれが病院に出入りしている葬儀屋だと思い至った。貧相で影の薄い感じがする男。哀しげな顔が似合うくせに、押しの強さを感じさせる男。

「で、中松さんは？」

「それが……」野沢は痛ましげに顔を歪《ゆが》めた。「先ほど息をお引き取りになって」

ちえりが死んだ——、思わず克子はその場にへたり込みそうになった。またやられた、という気分。久行に先を越され、ちえりにも先を越され、克子は重ねておいてけぼりを食わされた。

野沢に案内されて、克子は霊安室のちえりと対面した。それはもはや、克子の知っているちえりではなくなっていた。内側からちえりを照り輝かせていた命の勢いが消え失せて、六十八歳という歳相応の物体になり果てていた。血の気のない白い顔。ただ、出先でのことだったせいか、ちえりはいつもよりも念の入った化粧をしていて、髪も美容院に行きたてのようにきれいだった。見苦しいところはひとつとしてない。昨日の夕方まで仕事をしていて、他人様《ひとさま》に見られて恥ずかしくない姿で旅立っていったということからすれば、見事な死に際だったと言えるのではないか。克子はそのことを、少しだけ羨ましく思った。

だが、どうあれ感傷に浸っている暇はなかった。こうなっては、もはや克子の手には負えない。克子は国府病院に連絡をとり、然《しか》るべき手配をしてくれるよう事務局に頼んだ。

病院では、ちえりが緊急連絡先として記していた、足立《あだち》区に住む戸浦肇介《けいすけ》という彼女の従弟《いとこ》に連絡をとったようだ。従弟といっても、正確にはまた従弟に当たるとかで、彼は最初ちえりの遺体の引き取りを、かなり渋った様子だった。が、最後には、止《や》むなく引き取りを承諾し、葬式も自分がだすことを約束した。

通夜、告別式は、ちえりの自宅でとり行なわれた。行ってみて、正直克子は驚いた。古い平屋の木造家屋。赤茶色のペンキを塗った板壁、くすんだ灰色の瓦屋根《かわら》、木の桟のはいったガラス窓、青いトタンの雨戸の戸袋……昭和の中頃によく見かけた、いわゆる文化住宅というやつだ。間取りは六畳と四畳半がひと間ずつ。あとはせせこましい台所に、風呂とトイレがあるきりだ。日に焼けた襖《ふすま》、ぎしぎしいう床板、雨漏りの染みのある天井板……あちこちが老朽化していて、家そのものが傾いている感じがした。ちゃぶ台、みずや、扇風機……ちえりの家にはエアコンもなく、そこに身を置いていると、何だか三、四十年も前に時が逆戻りしたかのようだった。

恐らく簞笥《たんす》にはいりきらなかったのだろう。家の様子とはそぐわない派手なちえりの服が、四畳半の壁に渡したつっぱり棒にずらりとつり下げられていたが、その服を見なければ、克子にはここがちえりの住まいだとは信じられなかったかもしれない。整理簞笥の上の写真立てには、たしかに若かりし頃のちえりとアル、二人の姿がおさまってはいたが――。

中松千栄《ちえ》、享年七十三歳――、通夜に配られた会葬の礼状には、そう印刷されていた。生前、ちえりとほとんどつき合いがなかったという従弟の肇介が、ちえりの名前と歳を間違えた訳ではない。それが戸籍に基づくちえりの真実だった。

5

「どうして中松さんは八王子のマンションに？　野沢さんは、中松さんとどういうお知り合いなんですか」

八王子の救急病院で、むろん克子は野沢に尋ねた。はじめ野沢は困ったような顔をしていたが、やがて克子に答えて言った。

「実は、中松さんは、ここ六、七年来の私どものお得意さまでして」

グロリア商会は、胸に残る甘く心地よい思い出を、顧客に提供する会社だという。ちえりの突然の死という出来事に接して、頭が正常の働きをしていなかったせいもあるだろう。いくら聞いても、克子にはそれがどういうことだか理解できなかった。野沢は野沢で、これ以上言葉を尽くしたところで埒《らち》があかないと思ったのか、克子に言った。

「私が車でお宅までお送りします。ですからその途中、中松さんがお倒れになった八王子のマンションに、ちょっとだけお寄り願えませんか。その部屋をご覧願えれば、きっとご理解いただけると思いますので」

そこは高台に建つ背高《せいたか》のっぽの、近代的で瀟洒《しょうしゃ》な高級マンションだった。エレベータに乗り込むと、野沢は八階のボタンを押した。

「夕暮れ時は丹沢山系の山並みに沈む夕陽が見えますし、夜は下の住宅の夜景が見える、なかなかロマンティックな部屋なんです」

場違いな説明という気がしたが、克子は黙って彼につき従って部屋に向かった。

「どうぞ」

ドアを開け、野沢が克子を招じ入れる。部屋に一歩足を踏み入れて、克子は思わずわが目を疑った。木のひじ掛けのついた布張りのソファ、笠のついた電気スタンド、パステルカラーのコーヒーカップ、角の丸い小型のテレビ……そこには戦後日本人が、文化的、モダンと憧れた部屋の光景がひろがっていたし、何よりもそれは、以前ちえりが克子に見せてくれた写真そっくりの部屋だった。狐《きつね》につままれたような心地でぼんやり立ち尽くしていると、奥の部屋のドアが開く音がした。その音にはっとなる。

「ご心配なく。待機していたうちのスタッフですから」

が、ドアから出てきた男の姿を目にして、克子は口から心臓が飛びでそうになった。金髪碧眼、長身で二枚目の白人……アル。紛れもなくちえりの元夫だった。今は髪もロマンスグレーになり、顔にも皺が刻まれて、いくぶん肥満しているに違いないはずのアメリカの老人。ところが、目の前のアルは昔の写真そのままで、少しも歳をとっていない。

「どうして……」

「ご主人と二人きりの、ご自宅での結婚記念日。それが今回の中松さんのご依頼でした」

〝二枚目でやさしい外国人の夫との過去の結婚生活〟というのが、ちえりの基本的な要望だったという。ちえりの細かな希望に合わせて部屋の家具や調度も整えれば、それに見合った夫役の白人男性も探してくる。以前はちえりの誕生日というシーンも演出した――。

「何年にどこで出会って何年に結婚して……そうした夫婦の年譜のようなものも、中松さんとご相談の上、詳細に作成させていただきました。いわば思い出のシナリオですね」

「シナリオ？　ちょっと待ってください。それじゃ昔、中松さんにアメリカ人の旦那さんがいて、誕生日には歳の数だけ薔薇の花を買ってきてくれたっていうあれ、みんな嘘なんですか」

「嘘と言えば語弊がありますが、事実ではありません。いわば中松さんが望んだ過去で」

「写真や手紙は？　手紙は、たしか今でもアメリカから届いていたはずでしたけど」

写真が欲しいということであれば顧客の若かりし頃の写真と合成して、いかにも古色《こしょく》蒼然《そうぜん》とした写真も作るしアルバムも作成する。定期的に誰かから手紙がほしいということであれば、国内からでも海外からでも手紙も送る。現実には存在しなかったきらびやかな過去、甘い思い出、それを企画、演出するのがグロリア商会、野沢の仕事――。

「それじゃ、この人は……」

克子はちらりとアルに目を遣《や》った。

「うちの登録スタッフです。彼が一番中松さんのご希望に近かったので、以前から彼に夫役を務めてもらっていました」

克子が電話でアルのことを言った時、野沢が言葉に詰まった訳だった。言ってみれば、アルは野沢が作り出した人物だ。この世にそんな男が存在しないことは、誰よりも彼が一番よく承知している。

「思い出作り……でも、何もこんなにも大仕掛けにやらなくても」

しかし、野沢は、ここまでやらなければ偽ものは偽もの、作りものは作りもののままでしかないと言う。現に自分がその場に身を置いて、実際体験したことでなかったら、細部に至るまで自信を持って人に語れない。自分自身、頭のなかで反芻《はんすう》できない。嘘も百遍繰り返せば真実になるように、まず自分のなかで真実になってこそ、偽ものは本ものの域に近づける——。

「津崎さんも、過去に実際あった出来事だったか、夢のなかのことだったか、一瞬判断がつかなくなるようなことはありませんか」

たしかに、眠りに落ちる瞬間など、頭にぽっと浮かんだ場面や光景が、現実のそれなのか、それともかつて夢で見たそれなのか、しかと判断つかないことがある。作りものの思い出は、その域にまで高めてこそはじめて意味があると野沢は語る。

「でも、そんな商売が成り立つんですか」

「成り立ちますよ」

その時ばかりは、野沢も自信たっぷりに頷いた。

老人は、もはや自分の行く手に希望が持てない。となれば、過去の栄光に縋って生きていくよりほかにない。だが、縋るべき過去を持たない人間はどうしたらよいだろう。老い先、自分自身の心を支えるためにも、周囲から役立たずの邪魔者と扱われないためにも、作りものでも何でも構わないから、過去の栄光が必要となる場合がある。野沢は、それが顧客が生きていく上での支えになるなら、表彰状でも感謝状でも卒業証書でも……贋《にせ》の勲章だって作るという。

克子は、改めて一九五〇年代から六〇年代にかけてもてはやされた家具や調度の並べられた室内を見まわした。この部屋は、恐らくこういうことのために、グロリア商会が借りている部屋なのだろう。夕陽がきれいで夜景が見える――、そうしたことも、美しい思い出作りには必要な要素かもしれない。そうはいっても、これだけの仕掛けを施すとなると、相当の料金がかかるに違いない。何しろ外国人の夫役の人間まで雇っているのだ。どう考えても、一回、二、三万の金で済むはずがない。ちえりはエイドの仕事をしながらせっせと貯めた金を、こんなことに注《つ》ぎ込んでいたのか――、薄ら寒い風が、克子の胸のなかを通り過ぎていく。

「津崎さん」野沢が言った。「人の現実の思い出というのは、それがいかにすばらしいものであれ、いったん過去のなかに滑り込んでしまえば、その九割以上はつらくて哀しい思い出にすり替わってしまうものなんですよ」

「え?」

たとえば克子が恋人と、日常とはかけ離れた夢のような一夜を過ごしたとしても、終わってしまえばただの過去、取り戻せない時間でしかない。現実に戻ってみれば、目の前にあるのはいつもと変わらぬありきたりな暮らしだ。しかも、もしも恋人と別れたりすれば、そのすばらしいはずの過去の時間も記憶も、思い出すだけでも胸痛むような、せつなくつらい思い出にしかならない。けれども、偽の思い出ならば、心の底では作りものだと承知しているから、心痛むこともない。

それは克子にも、まったく理解できないことではなかった。久行との間に、これといった思い出はない。ただ、彼はスイカがことのほか好物だった。だから克子は、今は逆にスイカが出まわる季節が苦手だ。店先でスイカを目にすると、ぎくりとなって身が竦《すく》む。人に語れるような思い出は、残念ながらひとつもない。だが、ことによると自分は幸せな女なのかもしれないと、その時はじめて克子は思った。

ちえりが病院での名前まで、千栄ではなくちえりとしたのも、過去に外国人の夫を持った女の名としては、その方がふさわしいと考えたからか。チェリー・中松・コールマン、さくらんぼの柄、さくらんぼの形のアクセサリー。実際より五つ下の六十八歳だとしても、ちえりは歳より若く見えた。その分、彼女がどれだけ自分のからだに鞭《むち》打って、無理を強《し》いていたことか。しゃんと背筋を伸ばしてきびきびと仕事をし、足取りも軽く家へと帰る。けれども、あの馬小屋のような文化住宅に一歩はいった途端、ちえりの肩はがくりと落ち、背中も丸まっていたに違いない。ちゃぶ台の前にべったりと坐り込み、ご飯に卵、納豆、味噌汁……そんなつましい夕食を、ひとりぼそぼそと食べていたであろうちえり。
それにしても——、克子は心のなかで、溜息混じりに呟《つぶや》いた。キヨどころの話ではない。ちえりの化粧の何と厚く濃かったことか。

6

季節が確実に、秋へと移り変わっていた。まだ杜の木々は、枝にたくさんの葉を繁《しげ》らせている。だが、もう一度か二度強い冷え込みがくると、たちまちその葉は色を変え、辺りに舞い散り、地面を覆い尽くすことだろう。

この秋、北病棟にもちえりの代わりに新しいエイドがきた。及川《おいかわ》加代という、克子よりも五つ歳下の女だ。ちえりとやっていた時ほどテンポよくはいかないが、彼女と組んで仕事をすることにも慣れた。加代もここ一、二週間で、ずいぶん仕事を呑み込んだようだ。

ちえりはいない。それでも、いまだに克子は、リネン室や給湯室、あるいは廊下の向こうや柱の陰から、水色のユニフォームに白いエプロンというエイド姿をしたちえりが、ひょっこり顔を覗《のぞ》かせるような気がしてならない。

病棟のゴミを捨てに、克子は建物の裏手に出た。杜の木々の梢《こずえ》の上を、ざわざわと音を立てながら、風が北から南へと渡っていく。幾日か前と比べても、風はずいぶん冷たくなっている。力尽きたように葉が一斉に散る日も、やはりもう間近だろう。

克子は、寒々とした雰囲気を漂わせはじめた杜の暗がりに、ちえりの姿を、キヨの姿を見た気がした。いや、ちえりやキヨばかりではない。克子がここで見送った幾人もの女たちが、杜の木蔭にひっそりと、身を潜めている気配を感じる。先週はじめに亡くなった加納静代は、夫は十年も前に故人になっているにもかかわらず、いつも「昨日、主人が……」「今朝、主人が……」と、死の間際まで執拗《しつよう》に死んだ夫を心のなかで生かし続けていた。静代もまた、ここに戻ってきているのではあるまいか。最後の最後まで煩悩《ぼんのう》を断ち切れずに旅立った女たちは、まっすぐ浄土へ行くことができず、今は門や柱の礎石が残るばかりの尼寺で、煩悩を断ち切る修行をしなければならないのかもしれない。

(死んでまで修行だなんて、私はご免よ)

克子は、近頃ほとんど化粧をしなくなった。せいぜい顔に薄く粉をはたいて、リップクリームを塗るぐらいだ。人間以外の動物の雌は、生殖可能な時期になると、陰部が赤くなったり乳房が膨らんだりと、目に見えるかたちでそれを雄に報せる。しかし、人間にはそれがない。それゆえ女は、これ見よがしに唇に赤く紅《べに》をさし、顔を白く塗って口もとを際立たせようとする。紅をさした唇は、赤く色づいた陰部の象徴だ。だが、克子はもはや生殖可能な雌でない。女という性を喪失している。なのに化粧をするから、余計にみっともなくなる。もはや自らを飾るだけの意味が克子にはない。ただ、髪だけは、今も自分で黒く染めている。いかに女という性を失った身とはいえ、七割方は白髪《しらが》になったざんばら頭のまま、病院に出てくるほどには開き直れない。風呂場で髪を黒く染めるたび、克子はキヨの黒髪の束と、クリームの匂いを思い出す。

焼却炉の扉を開け、克子は屑かごのゴミを投げ入れた。燻《くすぶ》っていた火種が、空気とゴミを餌《えさ》にして、たちまちに勢いを盛り返して業火《ごうか》となる。克子は、赤く燃え上がる炎をじっと眺めた。焼却炉を離れても、網膜にしばらくの間、炎の残像が揺れていた。

一日の仕事を終えると、疲れたからだを引きずるようにして、克子はいつものように家路をたどった。泉町のマンションまで歩いて七分。思い切って引っ越したのは、やはり正解だった。歩いて通える距離だから、まだ何年かはエイドを続けていける気がする。

エレベータを六階で降り、自分の部屋へと向かう。二、三歩進みかけて、克子ははっと足を止めた。

克子に背を向けるような恰好で、部屋の前に男が一人、肩を窄《すぼ》めるようにして立っていた。安っぽいコートの下の薄っぺらな背中、寝癖のついた白髪まじりの髪、よれたズボン……。気配を感じたのか、男が克子の方を振り返った。

久行――。刹那、頭のなかで光が弾《はじ》けた。死んだはずの夫が、どうしてここにいるのか。

「探したよ。前の家、引っ越したんだな」久行が克子に言った。「何だよ、幽霊を見るみたいな顔をして」

アルとは異なり、久行は以前のままの久行ではなかった。消えていた年月分、しっかり歳をとり、おまけに前よりうらぶれ煤《すす》けていた。克子は言葉を失ったまま、彼を見つめた。

「そうか。お前は俺が死んだことにしていたんだっけ。お前にとっちゃ、俺は幽霊って訳か。でも、戻ってきたんだよ。もう一度、やり直す訳にはいかないものかと思ってさ」

教職ひと筋、休みともなると史跡めぐりに時を費やすまじめな夫――、そうとばかり思っていた。ところが、日曜恒例の史跡めぐりは、克子の与《あずか》り知らぬうち、別のものにすり替わっていた。昔の教え子と再会して、すっかり熱を上げてしまった久行は、ある日を境に毎週末、彼女の住むアパートに通うようになっていたのだ。そのうちに久行は、家に帰ってこなくなった。挙げ句の離婚。

信じていた夫に裏切られ、若い女に奪われ捨てられた――、それではあんまり惨めすぎる。だから克子は、久行は史跡めぐりの途中に死んだのだと、自分自身に言い聞かせた。百回どころではきかない。千回も万回も言い聞かせたし、人にもそう話した。

「自転車で史跡めぐりをしている時、左折するトラックの後輪に巻き込まれてね」

命日には花を携え、墓にも参った。

「あいつとは……別れたんだよ」久行が言った。「お前には、本当にすまないことをしたと思っている。謝って済むことではないというのもわかっている。でも、俺たちの間には、秋実も孫もいることだし、何とか夫婦としてもう一度やり直すことはできないものかな」

克子は手にしていたバッグを振り上げると、久行の顔めがけて、力一杯振り下ろした。

「あんたなんか……あんたなんか知らない！　うちの人は死んだのよ。変なことを言わないで！　何が夫婦よ、気持ちが悪い！」

叫びながら、克子は何度もバッグで久行を打ちつけた。留め具の角でも当たったのか、こめかみの辺りが少し切れ、うっすらと赤い血が滲《にじ》みだした。久行は顔を顰《しか》めてこめかみに手を当て、指についた自分の血を見てから、その目と顔とを黙って克子に向けた。その久行の顔が、何とも穢《けが》らわしい。

「二度とくるな！　あんたなんかとっくに死んだのよ！」

最後の一撃を加えると、克子はすかさず部屋に飛び込んで、急いでガチャリと錠を下ろした。大きくひとつ息をついて呼吸を整えてから、靴を脱いで部屋に上がる。もはや立っているだけの気力はなかった。崩れ落ちるように畳の上に坐り込んで腕をつき、がっくりとうなだれる。

特別良いこともない代わりに悪いこともなかった。何もないまま夫の死によって幕を閉じた平々凡々たる結婚生活。それでも自分は幸せな女だったかもしれないと、ようやく思えるようになってきた矢先だというのに――。

無意識に、克子はテレビの方に視線を投げた。テレビの台の上には、八王子の救急病院でもらった野沢の名刺が置きっ放しになっていた。その名刺が、突如自分の存在を主張するように、克子の目のなかに飛び込んでくる。

（すばらしい思い出作り？……だったら殺して！　あの男を、久行を、この地上から完全に抹殺して！）

「そうそう、アルからまた手紙がきてね」

くすぐったげなちえりの笑みが甦る。

そうよ――、克子は心のなかで呟いた。私もあなたとおんなじよ。だからあの杜で、きっとまた会うことになるんでしょうね。

南の窓を開けると、病院の裏の杜が見える。女たちが集う杜。

徐々に濃い闇が垂れ込めつつある杜の暗がりのなか、女たちが共犯者めいた意味深長な笑みを口もとに浮かべながら、克子に向かって手招きしていた。

その女たちの顔は白く、唇は赤い。

同級生

1

ピンポーンと呼び鈴が鳴る音がした。

宏美は、かすかに眉を寄せて玄関の方を見やった。家に来訪者があるのは、珍しいことだった。

「宅配便でーす」

その声に、訝《いぶか》るように顔を曇らせながらもドアを開ける。宏美に宅配便が届くこともまた珍しい。

「念のため、お名前とご住所をご確認ください」

街で見慣れた制服に身を包んだ宅配便の配送員が、伝票のついた荷物を差しだす。宛先、及び受け取り人の名前に間違いはなかった。荷物を手に、宏美は曇った面持ちのまま、配送員に向かってこくりと小さく頷《うなず》いた。頷いてから、もう一度伝票に目を落とす。品名、タイムカプセル、差し出し人は、府中欅《けやき》小学校同窓会となっていた。

「それでは、こちらに認めをお願いします」

「あ、はい……」

伝票に受け取りの認めを捺《お》す。配送員が立ち去ってしまうと、宏美はドアを閉めて小首を傾《かし》げた。

（タイムカプセル？）

考えても、中身の見当がまるでつかない。しばらく眺めた果てに、宏美は荷物をほどいてみた。紙に包まれた品物に添えるような恰好《かっこう》で、なかに一枚の印刷物が同封されていた。

――昭和四八年（一九七三年）、府中欅小学校卒業に際して記念に校庭に埋めた、タイムカプセルと名づけたスチール製のケースのことを、卒業生である皆さまは、今も覚えておいででしょうか。西暦二〇〇〇年に掘り起こし、お手もとにお届けするお約束で、それぞれのクラスごとに校庭の片隅に埋めたあのケースのことです。お約束よりも、四年ほど遅くなってしまいましたが、あの時、皆さまがタイムカプセルに収めた絵や手紙、それに文集や写真を、このたびお手もとにお届けさせていただく次第です。皆さまが過去の思い出とともに、子供時代の汚《けが》れないお心を取り戻す一助となれば幸いに存じます。――

印刷物を読んだ後、宏美は厳《おごそ》かな手つきで包みを開いた。

六年一組、出席番号三十二番、鈴木宏美。

包みのなかには未来の自分に宛てた手紙、絵、文集……それにクラス全員で写した名前入りの写真がはいっていた。やや変色して赤茶けた集合写真のなかで、十二歳の鈴木宏美が、頰に光の渦のような笑みを浮かべて、輝く瞳でこちらを見ていた。邪気のない晴れた笑顔だ。この先の自分の明るい未来を確信している顔でもある。

「府中欅小学校、六年一組、出席番号三十二番、鈴木宏美……」

そこに詰まっている思い出をいとおしむように、宏美は写真のなかの十二歳の鈴木宏美を見つめ返した。

春の気配――、宏美の鼻先に、沈丁花《じんちょうげ》の甘い匂いがぼんやりと薫《かお》った。

2

今年は、春が一気に押し寄せた。少し前までは空気に感じられていた固い芯《しん》が、もはや完全に溶けてしまっている。

目を移せば、二、三日前までは素っ気ない顔を見せていた桜の木も、突然の春爛漫《らんまん》に慌てふためいたように大急ぎで蕾《つぼみ》を膨らませている。めぐる季節の勢いに、木々も戸惑っているかのようだった。が、恐らくもっと戸惑っているのは人間の方だ。

〝木の芽どき〟とはよく言ったものだと思う。春、一斉に溢《あふ》れかえる周囲の命の勢いに圧倒されて、脳も心もくらりと揺らぐようで、ふとした拍子に自らの立ち位置を見失い、ふわりと行き惑うような心地になる。

(だから春は苦手……)

胸で陰気な呟《つぶや》きを漏らした時だった。

「宏美ちゃん。鈴木宏美ちゃんでしょう?」

宏美の背中に向かって、女の声が飛んできた。

宏美は今年で四十三歳になる。親族が一堂に会するような場はべつとして、「宏美ちゃん」と呼ばれることはまずなくなった。「鈴木さん」と旧姓で呼ばれることも珍しい。「吉武さん」「吉武さんの奥さん」「幹彦君のお母さん」「綾香ちゃんのママ」……。

振り返ると、自分に呼びかけてきたと思《おぼ》しき女が、にっこりと頬笑みながら宏美を見つめていた。目にも笑みが宿り、黒目がてらてらと照り輝いている。どこか粘っこい手触りのする笑顔だった。

「ああ、やっぱりそうだ。鈴木宏美ちゃんだ」

女が笑みの色をいっそう濃くして言う。

(困った……)

宏美の眉がわずかに寄った。鈴木宏美と呼びかけてきたからには、昔の知り合いに違いない。けれども、宏美は彼女の顔に覚えがなかった。

同年代、やや高めの頬骨、くっきりと描かれた眉、肩甲骨ほどまでのびたまっすぐの長い髪……懸命に記憶の糸を手繰《たぐ》り寄せる。

やはり思い出せない。

「うふふ……私のこと、覚えていないんでしょう?」

女はくすぐったげに笑いながらも、見透かしたような目つきをして言った。宏美の困惑を、いくぶん楽しんでいるような顔つきでもあった。

いかに相手がそう言ったにしても、「ええ、申し訳ないけど覚えていません」と、あからさまに口にするのもためらわれる。宏美はやや困惑げな表情を浮かべたまま、曖昧《あいまい》に首を傾げた。

「私、島村直子。府中欅小学校、六年一組、島村直子」

ひとりでに、ああ、と宏美の口から声が漏れだしていた。同時に、傾がっていた首が元に戻り、頷くように縦に動く。

ただし、彼女本人を思い出した訳ではなかった。府中欅小学校は、宏美が六年間在籍していた小学校だ。六年一組は卒業年度に所属していたクラスだけに、宏美にとっても思い出深い。それに反応しただけのことだった。

「さっきスーパーでお見かけした時から、宏美ちゃんじゃないかと思っていたの。思い切ってお声をおかけしてみてよかったあ。やっぱり宏美ちゃんだったんだ。宏美ちゃん、今、このへんに住んでいらっしゃるの?」

「ええ」

両親はまだ府中にいるが、宏美は今、となり町の調布のマンションで、夫と二人の子供とともに暮らしている。四人家族。上の幹彦は高校一年生、下の綾香は小学校六年生――、したがって島村直子は、宏美がちょうど今の綾香と同じ歳《とし》の頃の同級生ということになる。

「ここで宏美ちゃんと再会できるとは思わなかった。懐かしいわあ」

「ええ、ほんとに……」

欅小学校の名前に反応して、思わず宏美が、ああ、と頷いてしまったせいだろう。彼女はすでに宏美が自分を思い出してくれたものと思い込んで話を続けている。

島村直子、島村直子……頭の中で何度も名前を繰り返しながら、宏美は遠い記憶を懸命に掘り起こそうと試みた。たしかに、島村直子という名前には聞き覚えがあるような気がする。とはいえ、どうしても彼女の明確な記憶が甦《よみがえ》ってこない。

「覚えている、真理のこと？　いつも学級委員をやっていた佐伯真理」宏美の困惑をよそに、瞳を輝かせて直子が言った。「彼女、今、五木玲子の名前で脚本を書いているのよ」

「え？　あの脚本家の五木玲子って、真理のことなの？　あの佐伯真理が五木玲子？」

現在脚本家として活躍している五木玲子が佐伯真理だと聞かされて、宏美はまたしても直子の言葉に反応してしまっていた。明朗活発な優等生だった佐伯真理のことは、忘れようにも忘れられない。今でも宏美の記憶に鮮明だ。

「そうなのよ。私も最近知って驚いたの。——それじゃ、コンチのことは覚えている？　駅前の薬局の息子だった近藤正一。彼は薬局を継いだんだけどね、今は大手ドラッグ・チェーンの傘下にはいって、『メディコ・府中』っていうお店をやってるわ。お店の場所は昔とおんなじよ。今度覗《のぞ》いてみるといいわ。ふふ……白衣なんか着ちゃってね、見ると結構笑えるから」

背が低くて、すばしっこくて、どうしようもないいたずらっこだった近藤正一。彼が白衣を着て店におさまっている姿を想像すると、直子の言う通り、それだけで何とも言えないおかしみがこみ上げてきて、宏美の顔にもひとりでに思い出し笑いに似た笑みが滲《にじ》んだ。

「ああ、懐かしいわあ。ねえ、もしかするとあの頃が、一番楽しい時代だったかもしれないわね」

直子が言う。

「そうね……そうだったかもしれないわね」

つられるように頷きながら言ってしまったが、佐伯真理や近藤正一のことは思い出せても、目の前にいる彼女本人、島村直子のことが何としても思い出せない。それでも、共通のクラスメートをこれだけ承知しているのだから、彼女が同じ六年一組の仲間だったことは事実なのだろう。

「あなたは……島村さんは、今も府中に住んでらっしゃるの？」

なかば探るように宏美は尋ねた。

「そう。だから私、地元の同級生の動向にはわりと詳しいのよ」

「そうだったの。で、今日はどうしてこちらへ？」

「ああ。すぐ近くのマンションにお友だちが住んでいるの。今日は彼女のところを訪ねた帰り。ついでにこの近くのスーパーで買い物を済ませて帰ろうと思ったら、偶然に宏美ちゃんを見かけて。それであとを尾《つ》けるみたいに思わず後戻りしちゃったのよ」

続けて直子は、内山郷子、吉田美佐子、皆瀬直行、木島明、遠藤香織……と次々同級生の名前を口にした。宏美には、どれも懐かしい名前だった。ずっと本棚に入れっ放しになっていた本のページがいっぺんに繰られていくようで、埃臭《ほこりくさ》いような日向臭《ひなた》いような匂いが鼻先に漂う。

「宏美ちゃん、あの頃、芝浦団地に住んでいたわね」直子が言った。「芝浦団地、10－405。私、遊びにいったこと、あったもの」

芝浦団地と聞いた途端、またしても記憶の箱の蓋《ふた》がぱかんと開いた。芝浦団地には、幼稚園の年長組から中学校二年の時まで住んでいた。その後一家は同じ府中の一戸建ての家に引っ越したが、芝浦団地には、宏美の少女時代の思い出すべてが詰まっていると言っていい。

団地は、今も元の場所に残っている。何年か前に車で近くを通りがかったが、できてからすでにかなりの年数が経つわりには、保守管理が徹底しているのか、外見的にはまともな姿を保っていた。

それぞれの家の窓の四角い灯《あか》り、どこからともなく漂ってくる夕餉《ゆうげ》の匂い、青臭い芝生の匂い、冬の寒さにかじかんだ手とドッジボールの革の感触……芝浦団地の名前を耳にして、宏美のなかに懐かしい光景と匂いがいちどきに甦る。たしかに当時は、今よりも一日の時間がゆったりしていて、何の心配もなく存分に遊んでいられたいい時代だった。

「ああ、ほんと、懐かしい」

遠い思い出を懐かしむように、直子が重ねて口にした。

芝浦団地のことを思い出しながら、宏美はまたもや直子につられて頷きかけた。が、妙な気持ちの悪さが拭《ぬぐ》いきれず、縦に動かしかけていた首を慌てて止めた。改めて、目の前の直子の顔を窺《うかが》うようにちらりと見やる。

やはり知らない。覚えがない。

思い出せないというよりも、知らないという意識の方が勝っている。だからこそ、馴《な》れ馴れしく話しかけられていることに、気持ちの悪さを覚えている。

宏美と直子の間を、さわりとやわい風がそよいでいった。内に春の薫りを孕《はら》んだ、人肌のような温《ぬく》みのある風だった。

「春ねえ」遠くを眺めやるような眼差《まなざ》しをして、直子が言った。「そろそろ卒業式、入学式のシーズンよね。ああ、ほんとに懐かしいわあ」

駄目、駄目――、直子につられてつい過去を眺めやりそうになる自分を、宏美は心の内で戒めた。

3

「ただいまあ」

綾香が塾から帰ってきた。おかえりなさい、と玄関まで迎えにでて、思わず宏美は息を呑んだ。

一人ではなかった。綾香の背後に島村直子が立っていた。

直子と道で行き合ったのは、昨日のことだ。その彼女が、たった一日経った今日、自分の家の玄関口に立っているということが、宏美にはにわかに信じられない思いだった。直子は昨日と同じように、粘りけのある笑みを顔全面に張りつかせて頬笑んでいる。

宏美の二の腕のあたりに、ひとりでに鳥肌が立った。

「マンションの下で会ったの。ママのお友だちなんですって?」

屈託のない綾香の言葉にかすかに頷く。自分でも、頬のあたりがひきつっているのがわかった。

「驚いたわ。宏美ちゃん、このマンションにお住まいだったのね」

昨日直子が話していた友人というのが、宏美と同じこのマンションに住んでいるのだという。その友人宅を訪ねてきたところ、入口で少女時代の宏美によく似た少女を見かけた。もしやと思って声をかけたところ、やはり宏美の娘だということがわかった……直子は話す。

「面白いものね。親子って、やっぱりどこか似るものなのよね。私、ひと目見て、『ああ、宏美ちゃん』って思ったもの」

とうてい信じられる話ではなかった。綾香はどちらかというと父親似だ。そもそも、どうして直子は、昨日訪ねたばかりの友人の家を二日続けて訪ねる必要があるのか。しかも、それがたまたま宏美と同じマンションの住人だったなど、どう考えてもできすぎている。第一宏美は、結婚後、苗字《みようじ》が鈴木から吉武へと変わっている。下のメールボックスにも吉武とあるだけで、宏美や家族の名前はだしていない。入口で偶然子供時代の宏美を彷彿《ほうふつ》させる女の子に出くわしたとしても、すぐに宏美の娘と結びつけたりしないのがふつうだろう。ましてやいきなり声をかけたりすることはない。

それだけではなかった。宏美は、昨日家に帰ってきてから考えた。小学校の時、五、六年はクラスが替わらず、二年通して同じ顔ぶれだった。島村直子、鈴木宏美――、同じサ行。したがって、出席番号も並んでいたはずだ。二年もの間一緒にいた上に、出席番号も近かったはずの彼女のことを、少しも覚えていないとはどういうことか。

なぜそんなことをする必要があったのかはわからない。だが、直子は欅小学校や芝浦団地、それに同級生の名前を次々と挙げてみせることで、意図して宏美を強引に過去の時間に引きずり戻そうとした気がした。

島村直子というのが、まったく記憶にない名前ではないということが、かえって宏美には不快だった。何だか押しの強いセールスレディの口車にうまいこと乗せられて、買わなくてもいいものを買わされた時のようないやな気分……。だから昨日は、あれ以後ずっと憂鬱《ゆううつ》でいた。直子の粘りけのある笑みも黒目の異様な輝きも、気味が悪いといえば気味が悪かったし、よくよく思い返してみれば、いでたちにも何かふつうでないものがあった気がした。黒くてまっすぐの長い髪が流行遅れだと言うつもりはない。ただ、宏美たちの年代の女としては、やはり珍しい髪形といえるだろう。昨日は大きな花柄のブラウスに鮮やかなグリーンのスカートをはいていたが、気張ってお洒落《しゃれ》をした結果がそれ、という感じだった。どこかひとつずれている。

今日はというと、直子は襟元にリボンのついた紺に白の水玉模様のワンピースにジャケットを着ていた。スカートがフレアタイプのワンピースだ。とりたててちぐはぐということはないのだが、落ち着きが悪い。やはりセンスが一点狂っている。

「ちょっとだけお邪魔してもいい？」直子が言った。「幹彦君にもぜひお目にかかってみたいし」

「困るわ」即座に宏美は言った。「悪いけど、私、これから出かけなくちゃならないのよ」

「ほんの五分か十分。幹彦君、いるんでしょ？　ちょっとだけ。ねえ、駄目かしら」

「駄目。申し訳ないけど勘弁して」

宏美は直子のからだを外に押し戻すようにして、強引にドアを閉めた。急いで錠をおろしてチェーンをかける。

息が上がって動悸がしていた。

あの女は何者なのだ？　吉武という宏美の今の姓ばかりか、どうして息子の幹彦の名前まで知っているのだ？——。

「ママ。今の人、ママのお友だちじゃなかったの？」

ただならぬ宏美の様子に、訝しげに顔を曇らせて綾香が問う。その問いかけに、宏美は違う、違う、と大きく首を横に振ってみせた。

「嘘よ。あんな人、ママの友だちなんかじゃない」

「だけど、『宏美ちゃんのところのお嬢ちゃんでしょ？　綾香ちゃんよね？』って、話しかけてきたんだよ」

背筋のあたりに悪寒《おかん》が走って再び鳥肌が立つ。やはり偶然下で行き合ったなどというのはでたらめだ。直子は綾香の名前も承知していた。

「駄目よ、綾香。もしも今度あの人に話しかけられても、絶対に相手をしちゃ。あの人、ちょっとおかしいのよ。いいこと？　もしあの人を見かけたら、走って逃げて帰ってらっしゃい。近くに誰か人がいたら、『助けて！』って声を上げるの。わかったわね？」

「……あの人、誰なの？」

宏美を見上げる綾香の顔の曇りが、訝しげな翳《かげ》を含んだものから脅《おび》えの色を含んだものに変わった。

「わからない。わからないからいやなのよ」

綾香と同じように暗い面持ちをしながら、宏美は咽喉《のど》の奥で叫ぶような声で言っていた。

4

実家の母の澄子から電話があったのは、その日の晩のことだった。欅小学校、六年一組の時の同級生、野村実紀《みき》から久しぶりに電話があったのだという。

「何でも何十年かぶりにクラス会をやるんですって」電話で澄子は宏美に言った。「実紀ちゃん、そのことであなたに連絡がとりたいから、って。実紀ちゃんの電話番号を聞いておいたから、あなたから実紀ちゃんに連絡してみてあげて」

聞いていいて、内心、またか、という思いがした。それこそ何十年もの間、完全に現実と記憶の外にあった欅小学校が、ここにきてたて続けに宏美の前に姿を現してきている。これはいったいどうしたことか。ただし、野村実紀ならば恐れる必要はなかった。実紀は当時の宏美の一番の仲よしで、彼女こそ、芝浦団地の家にしょっちゅう遊びにきていた。「りぼん」「少女フレンド」の回し読みからはじまって、リカちゃん人形遊び、なわとび、ドッジボールにバドミントン……ともに夏休みの自由研究もした仲だし、互いの家に代わり番こに泊まり合ったりもしていた。だから澄子も、実紀のことはしっかりと記憶にとどめていたのだろう。

「わかった。それじゃ今、実紀に電話をしてみるわ」

澄子からの電話を切ると、宏美はそのまま澄子から聞いた番号に電話をかけてみた。

「わあ、宏美？　久しぶりー！」

明るい声が、受話器の向こう側から溢れてきた。会わなくなって久しいが、紛れもない実紀の声だとすぐにわかった。彼女とも、かれこれ二十五年は会っていないのではあるまいか。それでもふたことみこと言葉を交わし合っただけで、いっぺんに二人して四半世紀の歳月を飛び越えていた。互いに互いを完全に忘れたりすることはない。本来、それが同級生、あるいは幼友だちというものだろう。何としても思い出せないということの方がおかしい。

「再来週の日曜のクラス会、宏美も出席するんでしょ？」実紀が言った。「だったら、せつかくだからどこかで待ち合わせをして、少しお喋《しゃべ》りをしてから一緒に行きたいな、と思ったものだから」

「え？　再来週の日曜、クラス会なの？　クラス会ってどこのクラスの？」

実紀の言葉に、宏美は眉を寄せた。

「だから六年一組よ。府中欅小学校六年一組」

「知らなかった。だって私のところには、そんな案内、きていなかったもの」

「え？　ほんと？　でも、おかしいわね。幹事の皆瀬君に電話をして聞いたら、宏美からも出席の葉書が戻ってきているって言っていたわよ。だから私も、それならと思って、府中のご実家に電話をしてみたの。ご実家の電話番号ならすぐにわかったから」

「知らないわ、私」眉間《みけん》の翳を濃くして宏美は言った。「そんな話、全然聞いてない。だから、もちろん出席の葉書もだしてない」

「ひょっとして宏美、葉書だしたの、忘れちゃったんじゃないの？」

「まさか」

「そうよね。まさに三十年ぶりと言っていいようなクラス会だものね。通知がきた時は、私もちょっとびっくりした。出席するにしてもしないにしても、それを忘れるはずはないわよね」

「その案内、いつ頃きたの？」

「うーん、ひと月ちょっと前だったと思うけど」

やはり届いていない。いまだに府中の実家に宏美宛の郵便物が届くこともないではないが、何か届けば、澄子はすぐに宏美に電話をかけて寄越す。澄子からも、宏美はそんな話はまったく聞いていない。

「変ねえ」実紀が言った。「だけど、どっちみち宏美はすでに出席ってことになっているんだもの。いいじゃない、とにかく一緒に行きましょうよ。出席者は全部で十八人ですって」

「実紀が行くなら行ってもいいけど、通知をもらってもいなければ返事もだしていないのにいきなり出席なんて、やっぱり何だかおかしくない？」

「きっと何かの手違いよ。べつに問題ないって」

「——島村さんは？　彼女はみえるの？」

彼女の名前を口にすることにはためらいがあった。が、思い切って宏美は実紀に尋ねてみた。どこか釈然としない思いに、顔色は濁ったままだった。

「島村さん？　島村さんて誰だっけ？」

実紀が言う。本当に見当がつかないといった手触りの声をしていた。

「島村直子。そういう名前の子、一組にいなかったっけ？」

「島村直子……その名前は聞いたような気がするけど、よく覚えてないな。その子がどうかしたの？」

「ううん。覚えてないならべつにいいの」

どうして宏美には案内が届かなかったのか。また、案内が届かなかったにもかかわらず、なにゆえ出席ということになっているのか。疑問は残った。だが、実紀に腕を引っ張られるような恰好で、宏美も何十年かぶりのクラス会へ行ってみることに決めた。久しぶりに実紀にも会ってみたいし、もしも会に島村直子がきていれば、宏美の胸にわだかまっているもやもやも、きっと解消されることだろう。

「だけど、どうしてそういう話になったの？　急にクラス会をやろうだなんて」宏美は実紀に尋ねた。「あまりにも突然というか、ちょっと時間が経ちすぎていない？　だって、卒業してからもう三十年になるのよ」

「タイムカプセル」実紀が言った。「あのせいよ。あれでみんな、いっぺんに懐かしくなっちゃったのね」

「タイムカプセル……」言ってから、宏美は、ああ、と小さく頷いた。「そういえば卒業の時、学年みんなでクラスごとに何やら箱に詰め込んで、校庭の隅に埋めたわね。あれ、結局どうなっちゃったのかしら？」

「え？　宏美のところには、それもまだ届いていないの？」

「届いてないって、何が？」

「だから、タイムカプセルの中身よ」

卒業してほぼ三十年、みな成人しててんでんばらばらになってしまっているだけに、ずいぶんと苦労があったし回り道もしたらしい。しかし、実紀やほかの同級生のところには、今年のはじめから春先にかけて、タイムカプセルの中身が欅小学校の同窓会から送り届けられてきたのだという。

「知らなかった。そんなもの、うちには届いてないもの」

「え？　それも届いていないの？　おかしいわねえ」いくぶん曇りを帯びた声で実紀が言った。「結婚したり引っ越したりしていても、実家の住所さえ明らかなら、そこに同窓会から確認の連絡がはいったはずなんだけど」

「うちに連絡があったら、母が電話を寄越しているはずよ。私も府中の実家には月に一度ぐらいは帰っているし、郵便物が届けばあちらで見ているわ」

タイムカプセルもクラス会の案内も、どちらも宏美のところには届いていない。なのに出席の返事だけはだしたことになっている。それがなおのこと納得いかない。

「とにかく宏美が出席するってことは、私から改めて皆瀬君に電話で伝えておくわ。その時、タイムカプセルのこともどうなっているか調べておいてくれるように頼んでおく。なかには宛先人不明で戻ってきているものもあるはずだから」

ひと通りの話を終え、受話器を戻した後も、宏美の首はしばらく斜めに傾いていた。何かがおかしい。傾いた顔からも、容易に濁りがとれなかった。

5

クラス会当日の日曜日、宏美は実紀と喫茶店で待ち合わせをしてひとしきり昔話に花を咲かせた後、会場となっているイタリアンレストランに赴いた。

実紀は変わっていなかった。むろん二十五年もの時が経っているのだから、お互いそれなりに老けたことは否めないが、それもたちまち昔の顔と重なって、不思議なほどに違和感を覚えることがない。電話で話した時もそうだったが、顔を合わせるなり「実紀」「宏美」と呼び合って、言葉使いもかつてのそれに戻っていた。

同級生たちが集《つど》っている店に足を踏み入れる時、宏美は久しぶりに胸がどきどきとするのを覚えた。だが、いったん店内にはいってみんなと顔を合わせてしまうと、一足飛びに三十年の時を飛び越えて、いつの間にか胸の動悸もおさまっていた。長年の間、ただの一度も会っていなかった相手がほとんどだというのに、あっという間にどれもこれもが日頃から馴染《なじ》みのある顔に見えてくる。旧友というのは不思議なものだ。

六年一組四十六人。そのうち十八人が顔を揃《そろ》えた。約四割の出席率。およそ三十年の時を経ていることを考えれば、かなり高い出席率といえるだろう。しかもここは地方ではない。多摩地区とはいえ東京だ。日頃から、ふるさと、母校という意識は、誰しもあまり持っていない。

　年月の残酷さというべきか、すっかり面変《おもが》わりしてしまって、顔を見てもすぐに誰だかわからない相手もなかにはいた。それでもじきに昔の顔が見えてくる。かと思うと、ひと目見ただけで、当時の綽名《あだな》が口をついてでてしまうほどに変わっていない人間もいた。残念ながら、佐伯真理はきていなかった。やはり仕事が忙しいのだろう。内山郷子は別人のように太ってしまったが、顔には当時の面影が濃く、人懐こいえくぼもそのままだ。遠藤香織の澄まし顔もかつてのままで、見ていて宏美は頬笑ましい思いがした。

　島村直子——、彼女の姿は見当たらなかった。

「皆瀬君、うちのクラスにいた島村直子さんて覚えている？」

　たまたまとなり合わせて坐った皆瀬に、頃合いをみて宏美は訊《き》いてみた。

「え？　誰？　今、誰って言った？」

「島村さん、島村直子さんよ。私ね、ついこの間、突然彼女から『鈴木宏美ちゃんでしょ？』って、声をかけられたのよ。しかもあの人、翌日うちにまでやってきて」

「島村直子？」

　皆瀬は少し眉を顰《ひそ》めて問い返すように言った。

「ええ、うちのクラスにいた島村直子さん」

宏美は頷いてから彼女の名前を再度皆瀬に告げた。

「鈴木さん。それ、鈴木さんの勘違いだよ」

皆瀬が言った。

「え？　勘違いって？」

「島村直子なら、五、六年はとなりのクラス。六年二組。僕は三、四年の時、彼女と同じクラスだったからよく覚えてる。五、六年、島村さんは一組じゃなかった」

「六年二組。となりのクラス……」

なるほど、クラスが違えば、直子に関する宏美の記憶がはっきりしないのも無理なかった。もしも一年から四年まで、一度も彼女と同じクラスになったことがなかったとすればなおさらだ。

ようやく少し得心がいった思いになる。それでもなお、合点のいかない気持ちが残った。クラスが違うというのに、どうして直子は六年一組の同級生だと言って、いきなり宏美に声をかけてきたのか。挙げ句に家にまで押しかけてきて、彼女は上がり込もうとさえした。それにとなりのクラスにいた彼女が、あれほど詳しく六年一組の同級生のことを承知していたというのも不思議だった。それどころか、彼女は宏美の子供たちの名前まで知っていた。

「島村さんて、二組の島村直子さんのことでしょ？」

宏美と皆瀬の会話を小耳に挟んで、傍らの遠藤香織が話しかけてきた。

「そうだよね」我が意を得たりというように、皆瀬が大きく頷いた。「島村さん、やっぱり二組だったよね」

「ええ、そうよ、二組だったわ。六年二組。だけどあのかた、卒業間際に転校したのよ」

「そうだったっけ」

「しかも中学二年だか三年だかの時、交通事故で亡くなったのよね」

思いもかけない香織の言葉に、宏美はぎょっと目を剝《む》いた。

「そうだ。思い出した」皆瀬も言った。「そういえばその話、昔、僕も聞いた覚えがある。彼女、交通事故に遭って死んだんだ。たしかバイクか何かにはねられて……そうだったよね？」

「そうそう、バイクにはねられて亡くなったの。お気の毒にね」

「やだ」心持ち色を失った顔で宏美は言った。「だって、私、ついこの間、島村さんに会ったばかりなのよ」

「…………」

皆瀬と香織が沈黙する。

「間違いないわ。その人、自分から私に欅小学校の島村直子だって名乗ったんだもの」

「おいおい、まさか幽霊じゃないだろうな」

皆瀬が言う。

「やめてよ」顔を歪《ゆが》めて香織が言った。「とにかく、亡くなったことは事実。それこそ間違いないわ。そういえば、今日はきていないけれど、美佐が島村さんと仲がよくて、卒業文集にも転校してしまった島村さんのことを書いていたわよね。その文集も、例のタイムカプセルの中身と一緒に届けられてきたじゃない？　島村さんが亡くなったことは、私、たぶん美佐から聞いたんだったと思うわ」

「だから、その文集もタイムカプセルの中身も、うちには届いていないんだってば」

宏美も顔を歪めて香織に言った。

「それ、僕も調べたんだけどね、確かに届いているはずだっていうんだよな。芝浦団地10－405でちゃんと受け取られているって」

「え？　芝浦団地10－405？」宏美は顔をやや前に突き出すようにして皆瀬に言った。

「どうして？　私は今、あそこに住んでいないのよ。私だけじゃない。中学の時に引っ越したから、両親も今はあそこには住んでいないわ」

「いや、住んでいるんだよ」

「どういうこと？」

「今も10－405は鈴木さんていううちでね、しかも宏美さんて女の人が住んでるんだよ」皆瀬が言った。「その人、一人暮らしみたいなんだけど、芝浦団地に住んでいる友だ

ちに聞いたところによると、ちょっと変わった女の人らしい。ほとんどうちに籠《こ》もってい
て、何をして生活しているかもわからないような。べつに精神的におかしいってほどでは
ない様子なんだけど……」
当時は広く感じていた。が、405は、昔でいう団地サイズの2LDKだ。今では一人
暮らしのスペースと言っていいかもしれない。
「もしかして……同姓同名？」
いくぶん尻込みするような調子で、宏美はこわごわと言葉を口にした。
「たぶん。鈴木宏美——、こう言っちゃ何だけど、まあ、よくある名前ではあるもんな」
「だけど、何だってその人が、本当は自分宛でもない荷物を受け取っちゃう訳？」
「実はね」いくぶん低い声で皆瀬が言った。「僕も同窓会に問い合わせてみんなの住所を
調べたものだから、鈴木さんが引っ越したことをつい忘れていて、今日のクラス会の案内
も、芝浦団地の方にだしちゃったんだよ。芝浦団地10－405に」
いつの間にか、宏美たちの間で交わされていた話が、テーブル全体に浸透するようにひ
ろがっていた。大きなテーブルの上を、しばし沈黙が覆う。いっぱいに並べられたとりど
りの料理が、一気に色褪《いろあ》せてしまいそうな種類の沈黙だった。
孤独な暮らしをしている女が、ある時続けて自分の名前宛のタイムカプセルとクラス会
の案内状とを受け取った。写真、文集……過去に確実に存在した鈴木宏美。それらを眺め

るうち、その鈴木宏美の現在の居処を突き止めてみようという気持ちになった。鈴木宏美は、卒業から三十年経って、どんな暮らしをしているだろうか。文集には通訳になりたいと書いていたが、通訳になることはできたのだろうか。きっと無理だろう。ならば結婚したのか。結婚したとすれば、子供はいるのだろうか。子供は何人？　男の子？　それとも女の子？　子供は何という名前なのか。鈴木宏美は今、幸せに暮らしているのだろうか……。

「その人、あんまり楽しい子供時代を送ってこなかったのかもな」皆瀬が言った。「だからアルバムや文集を見て、活発で楽しげな鈴木さんの子供時代を羨《うらや》ましく思ったのかも」

「何だか変わった人みたいだし、ひょっとするとそのうちに、それを自分自身の思い出みたいに思いはじめたのかもしれないわね」香織も言った。「何せ同姓同名だしさ」

「やだ。それじゃ島村直子だと言ってうちにやってきたのもその女の人だってこと？」

自分で言いながら、宏美は背筋がざわりと波立つのを覚えた。

送られてきた文集を見れば、吉田美佐子の作文から、島村直子が転校したことがわかる。それで彼女は、近くにいないことがはっきりしている島村直子の名前を使って、本物の鈴木宏美の暮らしぶりを確認しにやってきた……辻褄《つじつま》は合う。

「彼女、島村直子って名乗ったけど、自分は六年一組だったって言ったのよ。真理が脚本家の五木玲子だということも、コンチが家業を継いで駅前の『メディコ・府中』をやっていることも……彼女、みんな知っていたわ」

「調べたのかしら」目もとのあたりに翳を落として香織が言った。「宏美ちゃんのことだけじゃなく、ほかの同級生たちがどうしているかも」

「何のために？」

「そこまでは私にもわからない。でも、本物だったら、ある程度同級生のことを知っていないとおかしいものね」

「本物——」

「うん。本物の宏美ちゃんならね」

「だけど何だってその人が私になる必要があるのよ」

「………」

思いがけない話の成り行きに、場の雰囲気がじんわりと湿りかけた時だった。突然「ごめんなさあい」という明るい声が、店のなかに響き渡った。その声に、全員が弾《はじ》かれたようになって一斉に声の方向を振り返った。

顔にしっかりと化粧をして、ピンクのスーツに身を包んだ同年代の女が、すっくとそこに立っていた。彼女の顔には、輝くような笑みが躍っている。

島村直子だった。いや、正確には、宏美に島村直子と名乗った女だ。

「すっかり遅くなってしまってごめんなさあい。皆さん、覚えてくださっているかしら。

私、鈴木です。出席番号三十二番、鈴木宏美でーす」

　瞳をきらきらと黒光りさせながら彼女が言った。

　それに応える声はなかったが、彼女はそんなことなど意にも介していない様子で、照り輝くような笑みを浮かべたまま、ざっとあたりを見まわした。

「ああ、みんな、本当に久しぶりねえ。懐かしいわあ。あなた、木島君でしょ？　今日は……ああ、やっぱり真理はきていないのね。今、忙しいものね、彼女は」

　十九人目の出席者の出現に、誰もがぎくりと固まったきり、すぐには言葉を口にできずにいた。テーブルの上を覆いかけていた湿った空気と沈黙が、いっそう濃さと陰鬱さをます。

「綾香を、——ああ、綾香っていうのはうちの下の娘なんだけど」場の空気を顧《かえり》みることなく、続けて彼女が言った。「ここにくる前、綾香を車で塾に送ってきたものだから。そうしたら帰り、道が込んでしまってすっかり遅刻。ごめんなさいね」

　綾香の名前がでた途端、思わず宏美は椅子から立ち上がっていた。一瞬にして、子猫を奪われかけた母猫のような心境になっていた。なかば睨《にら》みつけるように女の顔を見据える。許せないと思った。もう少しで宏美はこの女に自分の経歴と思い出の両方を奪われるところだった。それどころか、女は宏美の現在の生活や愛《いと》しいものたちにまで手をつけようとしている。

「あなた、何を言っているのよ」女に向かって宏美は言った。「鈴木宏美は私よ。勝手に鈴木宏美を名乗るのはやめてちょうだい」

宏美を見ても、女の顔には驚いた様子も動揺した様子も、どちらも微塵《みじん》も見当たらなかった。彼女の表情は揺るぎなく、むしろ超然としているようにさえ見受けられた。そのことに、宏美の方がうろたえかける。

「やだ。あなたこそ何言ってるのよ」平然として彼女が宏美に向かって言った。「私は鈴木宏美。六年一組、出席番号三十二番、鈴木宏美」

「やめてってば。それは私。あなたじゃない」

「じゃあ、あなた、出席番号三十三番が誰だったか言える？」

「…………」

「三十三番は瀬戸緑ちゃん、ミドよ。ミドはポートボールがうまかったわよね。その次、三十四番は言える？　答えは田中由佳ちゃん。由佳ちゃんは……あら、今日はきていないのね」

「あなた、どうかしてる。同級生のことを知っているのは、あなたが私宛のタイムカプセルを受け取ったからでしょ？　顔の見当がつくのも、昔の写真を見たからだわ。その上あなた、みんなのことを調べ歩いたんでしょ？　もうみんなわかっているんだから。ねえ、タイムカプセルの中身を返してよ。文集も写真も、みんな私に返してちょうだい」

「どうして？　あれは鈴木宏美、この私に届いたものよ。私のものだわ」

「六年一組、出席番号三十二番、鈴木宏美は私よ」

「私は芝浦団地10－405、鈴木宏美。結婚して……今は調布のクオリアマンション312号室に住んでいて、子供は二人。上の子の名前は幹彦、下の子の名前は綾香」

「よしてよ。幹彦にしても綾香にしても私が産んだ私の子供よ。勝手に名前を呼ばないで。今は吉武宏美だけれど、私が本物の鈴木宏美なんだから。正真正銘の鈴木宏美なんだから……」

「あら、私だって鈴木宏美よ」しれっとした顔をして彼女が言う。「正真正銘の鈴木宏美」

宏美の眉が寄り、額のあたりにぽたりと黒い翳が落ちた。

同姓同名。彼女が芝浦団地10－405に住む鈴木宏美であることは間違いない。自分たち一家が団地をでていった後、いつからか彼女が同じあの家で、ずっと鈴木宏美として暮らしてきた。少女の頃に宏美が目にしていたのと同じ風景を見て、同じ匂いを嗅いで暮らし続けてきた――。

405の空間と芝浦団地での思い出が、自分と女の間で微妙に重なり合う。思わずそこを覗き込みかけて、宏美は自分の頭のなかがくらりと裏返りそうになるのを覚えた。同時に足元が揺らぎ、刹那《せつな》、自分自身を見失いかける。

「泥棒」

慌てて自らを立て直すかのように背筋をのばし、宏美は女を睨みつけて言った。

「泥棒」

そっくり同じ言葉を、女も宏美に返してくる。

「………………」

「だって、私は本当に鈴木宏美なんですもの」

そう言った直後、女が宏美に向かってふわりと頰笑んでみせた。微妙に焦点のずれたふたつのまなこは、目の前の宏美を透かすように通り越し、どこかよそに向けられているようだった。

そのゆるんだ笑みとブレた眼差しを目にした瞬間、二人で道端に立って話をしていた時に、頰をかすめるようにそよいでいった風の薫りが宏美の鼻腔に甦った。幾許《いくばく》かの甘さを含んだ、春の気配に満ちた温い風だった。その甘さに脳が眩《くら》まされたようになって、宏美の目のなかの景色がゆらりと揺れる。

気がつくと、水を打ったような静けさのなか、自分と女だけが浮かび上がっていた。宏美は、自分と彼女を黙って見守っている残り十七人の同級生たちの顔をぐるりと見まわした。

視界のなかで、急速に十七人の顔が遠のいていく思いがした。どれもこれもが、いきなり見知らぬ顔に見えてくる。

皆瀬直行、野村実紀、木島明、内山郷子、遠藤香織……長年一度も会うことのなかった同級生たち。同じ東京に住んでいながら、今日の今日まで生きているか死んでいるかすら知らなかった同級生たち。誰かが声さえかけなかったら、恐らくこの先一生会うことがなかったであろう同級生たち。ここに集っている人間たちが、どうして本当に本物だと言えるだろう。

誰も彼もが色褪せていく。宏美には、残り十七人の人間たちが、不意に亡者《もうじゃ》のように思えていた。

窓の外では、あっという間に満開を迎えた桜が、さかんに花びらを舞い散らしている。花の下からは、はや新芽が吹きだし、葉をひろげかけてもいる。

(木の芽どき……だから春は嫌い)

宏美はくらくらとする眩暈《めまい》を覚えたまま、心の内で呟いた。

増殖

1

若い緑の葉の色が、目にみずみずしくしみ入るようだった。新緑の季節――、これからは、日に日に木々の緑が勢いをまし、色鮮やかに映えるようになることだろう。

森山多枝子は、大きな窓から見える外の景色を眺めながら、ぽっ、と音にならない溜息をついていた。暗い溜息ではなかった。満たされた心が退屈に倦《う》んでふと漏らすような、余裕を孕《はら》んだ溜息だった。

三十七歳。その自分の年齢が、果たして若いといえるのかいえないのか、多枝子自身にもよくわからない。が、今の多枝子には、年齢など、どうでもよかった。

昨年の夏の終わり、十年近い結婚生活に終止符を打った。幸か不幸か子供はなかった。それで多枝子は昔のように一人に戻って、十年振りに一人暮らしをはじめた。

「え？　岡野さんと別れてしまうの？　もったいない」

夫の岡野と別れることを決めた時、友人たちは口々に、多枝子に向かって言ったものだった。ちょうど十歳上《とおとしうえ》で、わりあい手広く事業をやっている男だった。べつに岡野が別れるに惜しい男だというのではない。彼女らは、岡野が多枝子に与えてくれていた生活を、捨ててしまうことがもったいないと言ったのだ。

都心の洒落《しゃれ》たマンションに住み、ブランドものの洋服を着て、外車に乗っている生活が、傍目《はため》には捨てるに惜しいものと映るのも無理はない。だが、大きな組織の企業はいざ知らず、基本的に事業というのは博打《ばくち》だ。裏方にまわれば、いつも綱渡りを見ているような危うさがある。たしかに車はベンツに乗っていた。しかし、岡野も多枝子も、車に愛着を持ったことは一度もない。今は金がある、だからベンツに乗る、金が要り用になれば売り払う……岡野はそんな考えの男だ。したがって、車は一時的に手もとにあるだけという感覚で、常に代車に乗っているような気分だった。それでもこの十年、金の面での苦労をせず過ごせたのは、幸運だったと言っていい。

綱渡りを見ていることにも疲れを覚えて、ある時期から多枝子は、別れるにいいタイミングを模索してばかりいた。彼が事業資金のやり繰りにてんてこ舞いしている時は損だ。ひとつ当ててハネている時がいい。しかもほかに女がいて、岡野が未練もなければ痛みもなく、金と自分を手放せる時機。

機が巡ってきたと見た時、多枝子はすかさずそれを摑《つか》んだ。十年間、岡野の妻であったということから発生する権利は主張して、もらうべきものはちゃんともらった。それゆえ離婚が成立した時は、何年か前から抱いていた願望が成就したという喜びこそあれ、一人になった寂しさはなかった。

ただし十年妻を務めた対価として、岡野に過分な要求をした覚えはない。十代の頃から、多枝子には自分の喫茶店を持つという夢があった。その夢が叶《かな》えられるものさえ手にはいればよかった。あとは自分で稼いでいけばいい。

喫茶店など、結局は水商売だしいいことはない、と忠告してくれる人もいた。だが、多枝子は何もかもが自分の好みに合った、自分の城が持ちたかった。離婚後は、夢の実現のために奔走していて、孤独を感じている暇もなかった。心はいつも弾んでいた。

ものごとというのは、巡ってくる時には巡ってくるものらしい。

物件も、望んでいた場所にもってこいのものが見つかった。物件は、当時すでに不動産屋の持ち物になっていたが、以前は元の持ち主が、そこでギャラリーを主体とした簡易なカフェを営んでいたのだという。ギャラリーが主体であっただけに、内装も白壁に黒塗りの木とシンプルだが洒落ていて、天井も高く、しかも二階は居宅としても使える造りになっている。さほど広くはないが、多枝子が一人で切り盛りして暮らしていくには充分だった。しかも隣は小さな自然公園に接していて、緑に満ち溢《あふ》れている。窓さえ大きくしたら、何の飾りも要らなかった。

不動産屋にこの物件を紹介された時、多枝子はほとんど考える間もなく飛びついていた。

「もったいないわ、こんないい場所の物件を手放してしまうなんて」思わず多枝子は、友人たちが自分に言ったような言葉を、不動産屋に向かって口にしていた。「元の持ち主のかたは、どうしてご商売を畳んでしまうことにされたのかしら」

「商売ってものに、嫌気がさしたからじゃないですか」不動産屋の社員は、ごくあっさりと多枝子に言った。「まあ、六十過ぎの年配のご夫妻でしたからね。福島だかの田舎に帰って、これからはのんびり陶芸でもして暮らすとおっしゃっておいででしたよ。帰る田舎がある人というのは強いですよ」

東京都心ではない。二十三区と多摩地区が接する付近、まだ周辺に緑が残る地域だ。たまたま近くに広瀬洋一・真美という友人夫妻がいて、このあたりには多枝子も何度かきたことがあった。一度、駅からうっかり逆の方向にでてしまい、住宅地のなかをさまよう羽目になった。栄えた繁華街を抱え持つ駅に近い周辺のこと、住宅地とはいえ、洒落たブティックもあればレストランもあり、通りをいく人にもそこそこの数がある。なのに、どうしてだか喫茶店というものがない。

(ここで喫茶店をやりたい。ここらあたりなら、きっと流行《はや》るに違いないわ)

当時から、多枝子はこの近辺を狙《ねら》っていた。殺伐《さつばつ》とした都会や喧《やかま》しい繁華街のまんなかはたくさんだ。ひき比べてこのあたりは、新興住宅地ではない分、画一的でせせこましい感じがしないのもいい。まわりには街路樹といった人の手によって植えられた木のみならず、雑木林の名残りもあって、場所によっては窓からの眺めもなかなかのものだ。

建物には、多少手を入れた。窓を広げ、公園の木々がよりよく見えるようにした。窓の外の緑が借りられるというのは強みだ。大きな楕円《だえん》形のテーブルがひとつにボックス席が四つ。電話台や衝立《ついたて》といった調度には、ラタンでも固い茎にラタンを巻いた丈夫な素材の家具を揃《そろ》え、照明もバンブーを使ったものを取りつけた。大きなレンタル・グリーンの鉢がひとつ。天井では、プロペラ型のシーリングファンが独特の倦怠《けんたい》感を漂わせ、なかば無意味にゆるゆるとまわっている。日除《よ》けのロールスクリーンには、精緻な柄の更紗《さらさ》を使った。マカオかシンガポールにでもありそうなコロニアル風のカフェ……たいして金をかけることなく、頭に思い描いていた通りの店ができ上がった。喫茶店の名前は「シエスタ」にした。スペイン語で午睡という意味を持つ。

すべての準備は整った。あとはオープンを待つばかりだった。

多枝子は店のなかを見まわして、頬のあたりにふわりとやわい笑みを浮かべた。

(ほんと、惜しいわ。こんないい物件、どうして手放したんだろう)

駅から六分。ロケーションもよければ物件自体もいい。それを手放して田舎暮らしに埋没するなど、多枝子からすれば惜しいことこの上ない話だ。が、夫妻が商売に嫌気がさしてくれたということは、この際大いに喜ぶべきことだった。

これからは、緑がますます濃さをましてくる。梅雨《つゆ》時などは、見ていて圧倒されるような命の勢いに満ちた木々の緑が、店を飾ってくれることだろう。
多枝子の口から、またぽっ、と音のない溜息が漏れていた。
夢を叶えた人間の、充足感に満ちた溜息だった。

2

まるで以前からそこにあったかのように、初日から「シエスタ」にはごく自然に客がはいりはじめた。近くに高校だの大学だの、余計なものがないのも好都合だった。若さと元気があり余っている連中に徒党を組まれてやってこられた日には、「シエスタ」のゆるりとした雰囲気が壊れてしまう。多枝子はかつて自分が客であった時に望んでいたように、あくまでも客にくつろげる時間と場所が提供できる店を営みたかった。

「シエスタ」を訪れるのは、用事があってこの近辺にやってきた人間、地元で暮らしている人間……客層は大人だ。連れ立ってはいってきてもせいぜい二人というところ、一人客のもの思いを邪魔しないで済む人数だ。当面音楽は、低い音量でボサノバをかけておくことにした。絵も何も飾っていないが、カップもグラスも灰皿も、自分の好みに合ったよい品物を使っている。だから人がドアを開けてはいってくると、多枝子は自分のギャラリーに客を迎えたような気分になる。

（どう？　なかの感じも悪くないでしょ？　エスプレッソはいかが？　そのカップがまたとてもかわいらしくて洒落ているのよ）

女主人らしくおっとりと構えながらも、ついつい心では満面笑顔で話しかけている。ただし、現実には、なるべく客と話をしないようにしていた。都会では、顔見知りになってしまったことで逆に気づまりになり、足が遠のいてしまう客も少なくない。

白のブラウスに黒のスカート、同じく黒のアシンメトリーのカフェエプロン——、そのスタイルも、ずっと前から決めていた。人を雇わざるを得ないようになったら、女の子にもカフェのギャルソンのようなスタイルをしてもらうつもりだし、それが似合う子を雇うつもりでいた。とにかく微塵《みじん》も押しつけがましさや煩《うるさ》さのない店がいい。

「いらっしゃいませ」

ドアが開いた気配に、反射的にいらっしゃいませの言葉を口にして、同時に多枝子は笑みを顔に浮かべた。が、はいってきた客を目にした途端、顔に浮かんでいた笑みは、無意識のうちにすいと皮膚の内側に引き取られていた。

二人連れの客だった。どちらも女だ。若くない。五十代と七十代というところだろうか。もしかするとそれぞれもう少しずつ若いのかもしれないが、二人とも何とはなしに肌が黒くくすんでいて、一見歳がいっているように見える。からだつきのせいもあるかもしれない。双方、同じ体型をしている。背は低い。百五十センチそこそこというところだろうか。

また、見るからに固太りという体格をしていて、首は短い。同様に、手脚も決して長いとはいえなかった。重力にぎゅっと凝縮されたようにちんまりまとまったからだつきだ。

かといって、彼女らがふつうの人間と何かが大きく違っているということはなかった。街なかを歩いている時、あるいは電車に乗っている時、どこかで時折見かけるような人たちだ。ただし、多枝子の正直な気持ちからするならば、二人は「シエスタ」の客として、あまり似つかわしいとは思えなかった。

(まったく私ときたら、何を贅沢《ぜいたく》なことを考えていることやら……)

自分で自分を戒めて、水とおしぼりの用意をした。見ていると、二人はちょこまかとした独特の動きで店内を進んでいき、楕円形の大テーブルに、並んで腰を下ろした。

(やだな。端っこのボックス席かどこかに座ってくれたらいいのに)

そう思いながらも、顔には淡い笑みを浮かべ、水を運ぶかたがた、注文をとりに大テーブルへ向かう。

「コーヒー。ブレンドね」

「私もコーヒー。ブレンドね」

二つの口から続けざまに発せられた声は、年齢の差による違いはあるものの、驚くぐらいに質も口調もよく似ていた。思わず顔にちらりと目を走らせる。はいってきた時からそうではないかと思っていた。が、間近で見たらなおさらに、二人が紛れもない母娘《おやこ》であることがはっきりした思いだった。

ちょっとおかしな言いかたかもしれないが、判で捺《お》したように、と言いたくなるようだった。多少大雑把《おおざっぱ》にいうならば、二人はそっくり同じ顔をしていた。またそれが、色黒の扁平《へんぺい》な丸顔で目も鼻も丸く、唇にも朱味《あかみ》が窺《うかが》われない顔なものだから、判で捺したという言いかたが、恐ろしいぐらい見事に当てはまってしまう。

(でも、これは判は判でも芋版《いもばん》だわ)

素知らぬ顔をしながらも、心の片隅で呟《つぶや》きを漏らす。

髪は二人とも短い。少し癖のあるかさついた髪だ。顔色が黒ずんでいて顔だちにも華がないせいだろうか、着ているものもそれに合わせたように地味だった。娘はくすんだ臙脂《えんじ》の地に暗い茶が織り混ざったセーターを着ている。母親は黒に茶という組み合わせだ。その二人が大テーブルに肩を並べて陣取ると、そこだけぽたりと墨色の翳《かげ》が落ちたように暗くなる。

続けて客が一人はいってきた。オープン当初から、時々立ち寄っては新聞を読みつつコーヒーを飲んでいく初老の紳士だった。彼はちらりと大テーブルの二人に目をやってから、窓に近いボックス席に腰を下ろした。

彼がちらりと視線を二人に走らせた時の目の色を、多枝子もしっかり捉《とら》えていた。ほんの一瞬だが、男の瞳のなかを何か異様なものを見るような色が流れていった。不審げな翳と言ったらいいかもしれない。

やだな――、多枝子は思った。やはり多枝子の個人的な好みや美醜の規準の問題ではない。彼女ら母娘は見る人に、何とも言えない違和感のようなものを与えるところがあるのだ。

母娘は肩を寄せ合うようにして、何やらひそひそさかんに語り合っている。新聞の活字を追っている紳士や多枝子のもの思いを邪魔するほどの声ではない。むしろ低く呟くような控えめな声だ。音楽をかけていることもあって、二人の話の内容は、ほとんど多枝子の耳に聞こえてこない。所詮《しよせん》母娘の会話だから、誰がどうしただの、どこそこの店が安いだの……とるに足らない内容であるに違いない。しかし、二人が黒く沈んだ面持ちをしてそこそ話をしていると、何か悪だくみをしているようにも思えてくるから妙なものだった。

ぶちぶちぶちぶちぶち……母娘は少しも言葉を途切らせることなく、語り合い続ける。決して大きな声ではないというのに、だんだんに低周波が脳の神経に障ってくるかのように、二人の低い声の響きが、多枝子の耳についてくる。まるで無数の虫がぞわぞわと、耳の奥で蠢《うごめ》いているような感覚だった。

(早く帰ってくれないかな)

そう思った時だった。がさごそと新聞を畳む音がして、窓辺の紳士が不意に立ち上がった。彼はそのままレジに向かっていく。いつもより、はるかに短い滞在だった。

「すみません。――あの、またお待ちしております」

コーヒーの代金を受け取る時、多枝子は紳士に詫《わ》びていた。

理由はわかっていた。母娘だ。二人の発する異様な空気とぞわぞわ耳に響いてくる話し声が、多枝子同様、紳士の神経にも堪えがたかったのに違いない。

多枝子の額のあたりに、自然と青い翳が落ちた。奇妙な母娘のせいで、大事な客を一人失った気がした。紳士は、「シエスタ」には似合いの客だった。

「すみません」

声をかけられて、はっと我に返るような思いになって顔を母娘に向ける。心の隅で、彼女らもこれで引き上げてくれるのかと期待している自分がいた。が、続いて発せられた言葉は、多枝子の期待を見事に裏切るものだった。

「お代わりください。同じのふたつね」

紳士は一杯。彼女らは二人で四杯。売り上げ的には彼女たちの方が上なのだから、べつにいいではないか――、心で自分にそう言い聞かせてコーヒーを淹《い》れはじめる。だが、どこか納得していない自分がいた。

ドアが開き、また新たな客がはいってきた。三十代の女性の二人連れだった。どこに坐ろうかというように店内を見まわした時、二人はやはり大テーブルの母娘に一瞬視線をとめた。

同じだった。見ていると、何か違和感あるものに触れてしまったというような不審げな翳が、彼女たちの瞳をよぎっていった。彼女らは、あえて母娘を背にする席を選んで坐ったが、お茶を飲みながら話していても、どうにも腰が定まらない様子で、じきに額を寄せて低声《こごえ》で相談をはじめると、そそくさと帰り支度をして席を立った。「ねえねえ、どこかよそにいかない？」「そうしましょうよ。それがいいわ」……実際には聞こえてもいない彼女らの会話が、多枝子の耳には聞こえてくるようだった。

「ご馳走《ちそう》さまでした」

彼女らは、声にも顔にも明るい色を保ったまま店をでていった。が、残された多枝子の気持ちは、どんよりと曇っていた。間違いなかった。彼女らも、母娘が醸《かも》しだす異様な雰囲気と低く耳に響く囁《ささや》き声が、どうにも我慢ならなかったのだ。

母娘はといえば、二杯目のコーヒーを飲みながら、相変わらずひたすら二人で語り合い続けている。

（いい加減にしてよ）

耳がぞわぞわする感覚に、堪らず多枝子は心で叫んでいた。

（親子なら自分の家で話したらどう？　お願いだからさっさと帰って）

なかには、人を呼ぶ招き猫のような客もいるという。しかし、母娘はその反対、まさに疫病神としか思えなかった。結局二人はごそごそと、二時間あまりも喋《しゃべ》り続けていただろうか。ようやく席から腰を上げた時、多枝子は内心ぐったりしながらも、救われたような思いがした。やっとこれで解放される——。

「ありがとうございました」

とっとと消え失せろ、という思いを押し殺し、穏やかな笑みを浮かべて言う。それに対して娘が返した言葉は、多枝子をぞっとさせずにはおかなかった。

「いいお店。またくるわ」

そっくり同じ口調で母親も言った。「ほんと、いいお店。またくるわ」

母娘が店をでていった後、多枝子の両肩は落ちていた。血の気も一緒に退《ひ》いていた。

3

二匹が四匹になり、四匹が六匹になり、あっという間に八匹になった。十匹を超えるのも、もう時間の問題かもしれない。

またくると言った言葉通りに、翌日も母娘はやってきた。店で待ち合わせの約束をしていたのか、あとから仲間が二人追いかけてきた。今度は男女の組み合わせだった。同じ顔をしていた。目も鼻も丸く、色黒で扁平な丸顔。

見るなり多枝子は啞然《あぜん》となった。最初の二人が母娘だという確信が、男女の客を見た瞬間、ぐらりと揺らぎかける。みんなおんなじような顔をして、いったいこの人たちは何者なのか――。

同じ顔だち、同じ体型、同じ声質、同じ雰囲気……しかも彼らは独特だ。店に二人いるだけでも落ち着かないというのに、それが四人も揃われた日には、ほかの客がいたたまれない。二人が四人になったのだから、当然耳にぞわぞわ響く音も倍増した。

周囲の客が、密《ひそ》かに彼らに目を走らせる。黒ずんだほぼ同じ顔が複数並んでいたら、誰だって奇妙に思う。じきにほかの客の顔に居心地悪げな澱《よど》みが滲《にじ》んできて、どこかこそこそとした様子で、次々席を立っていく。でていく客を見送るたび、多枝子は、泣きだしたいような気分に見舞われた。

(これっきりにして。頼むからもうこないで)

彼らが店をでていく時、多枝子は神に祈るような気持ちで、そう願わずにはいられなかった。

だが、翌日には、もっとひどいことになっていた。続々と、同じ容貌をした仲間たちが店にやってくる。まるでねずみ算を現実に目で見ているような気分だった。四日目には同じ顔が八つ揃った。さすがにこれで打ち止めだろうと思う気持ちの一方で、まだくる、まだ続くという気もしていた。ひょっとして、明日にも二桁《けた》に達するのではないか……考えただけで、多枝子は絶望的な気分に陥った。

ゆったりお茶を飲みながら本を読んだり新聞を読んだり手紙を書いたり……多枝子は、避暑地のテラスでまどろみ半分にくつろいでいるような店がやりたかった。それにふさわしい内装にしたしテーブルや椅子もそれに見合ったものを揃えた。外の緑はうつくしいし、ある段階までは何もかもが、思い通りに運んでいた。多枝子は自分の夢を叶えたはずだった。ただ、客だけが違った。短軀《たんく》で薄暗くて平べったい顔をした、ぶちぶち絶えることなく話し続ける客がきた。広い店ではない。はいって十五、六人というのがせいぜいだ。すでにその半数を彼らに占められてしまっている。これ以上彼らが殖《ふ》えたら、「シエスタ」はもはや喫茶店ではない。彼らのサロンだ。

「ああ、きたきた、征ちゃん。こっちこっち」

その声にぎょっとなる。心中密かに危惧《きぐ》している間にも、新たな仲間がやってきた。また同じ種類の顔をしている。もう顔を見るだけでもたくさんだった。

新顔が征ちゃんという見たところ五十代の男性。最初にきた二人がツユ子に昌子。峰ちゃん、寿治、靖代に崇男《たかお》……彼らが互いを呼び合う様子から、多枝子も次第に名前まで覚えてきてしまった。

「ママさん、征ちゃんにもコーヒーね」

昌子の言葉に、致し方なく「はい」と作り笑顔で答える。これがいやに騒がしい客だったり、無理難題を吹っかけてくる客だったりすれば、多枝子も理由をつけて追いだしやすい。弁護士か誰かに相談してでも、強い態度で入店を拒否できるだろう。だが、彼らは単に同じような姿かたちをしていて、同じ声の調子でざわざわ話し続けているにすぎない。たぶん彼らにしてみれば、ふつうにお茶を飲んで歓談しているだけなのだろう。それでは多枝子にも、手の打ちようがなかった。加えて彼らは長居もするが、一杯のコーヒーで長々粘っている訳でもない。ちゃんとお代わりもする。水を持ってこい、灰皿を替えろ、新しいおしぼりを寄越せ……そうした要求をうるさくするということもない。きちんと金は払って帰るし、愛想もいい。べつに悪い客ではない。悪い客どころか、何か一点違っていたら、彼らはきっといい客だろう。多枝子も心底からの笑顔をもって迎えていたに違いない。何か一点、つまりは彼らが彼らでなかったら……そこが大きな問題だった。

「ああ、ありがとう」

多枝子が征ちゃんにコーヒーを運んでいくと、征ちゃんの傍らに坐った峰ちゃんが言った。仮に靖代でも変わりはなかった。どのみち同じ顔をしているし、同じ声質をしている。誰でも一緒だ。

「ママさん、お名前なんていうの？」

不意に問われてぎくりとなる。

「あ、多枝子といいます」

べつに名乗りたくもなかったが、黙っている訳にもいかずに多枝子は答えた。

「タエコ、どんな字?」

「多い枝に子供の子です」

「多枝子。へえ、いい名前だ。で、苗字《みょうじ》は? 何多枝子っていうの?」

「――森山、森山多枝子です」

「あら、それじゃ森の山に多い枝だ。へえ、いい名前だわ。緑の景色だね」

「森の山に多い枝。ほんとだ、いい名前だね」

「うん、絵になるね。きれいな名前だ」

彼ら九人が、多枝子の名前を材料に、口々にざわざわ言葉を口にしはじめる。低音でじわじわ響く輪唱を耳にしているような心地だった。名前を褒めてくれているのだから、文句を言えた筋合いではない。だが、彼らに自分の名前を口にしてもらいたくはなかったし、各人がかたときも口を閉じていないというのが堪らない。頭痛がした。脳味噌が頭蓋骨の内側に、ゴンゴンとぶつかるような痛みだった。

「ああ、松ちゃん。ここ、すぐわかった?」

九人のうちの誰かの声に、多枝子はぎくりとなってドアの方に目をやった。入口に、六十すぎの小柄で固太りの、色黒でぺたんとした顔をした女が立っていた。

(まただ。またきた。松ちゃん。とうとう十人になった……)

翌日どころの話ではなかった。あっという間に彼らは二桁に達し、「シエスタ」の席すべてを占領しつつある。もしも今、べつの客がドアを開けてはいってきたとしても、この光景を目にしたら、途端に腰が退けたようになって踵《きびす》を返してしまうに決まっている。誰だって、ここはいったいどういう店なのかと思うだろう。

愛想も何もあったものではない。もはやいらっしゃいませ、と作り笑いを浮かべることもできずに、多枝子はカウンターの内側で茫然《ぼうぜん》と彼らを眺めていた。自分でも、顔に真っ黒な雨雲がかかったような暗い面持ちをしていることはわかっていた。夕立寸前の心模様、多枝子はもう少しで「助けて」と、本当に声を上げて泣きだしてしまうところだった。

4

間違ったことは、何もしていないはずだった。なのにどうして自分がこんな境遇に陥ってしまったのかが、多枝子にはまるで納得がいかない思いだった。

日に日にメンバーは殖えている。それが入れ替わり立ち替わり、午前も午後もぞろぞろ店にやってくる。敦代、好子、和俊、尚久、ふじ子、美也、則夫、武男、浩二……総人数にして三十人余りになっただろうか。最近では、店を開けている間じゅう、必ず誰かがいる。単独ということはない。何人かで店にいる。多い時は、全部の席を塞《ふさ》いでいる。だからよその客が寄りつかない。

そもそも、同じ顔だちに同じからだつきをした人間が、三十人以上も揃うというのが異常だった。ころっとした肉厚のからだ、短い手脚、色黒扁平の顔……それでも見ていて一応の区別はつくのだから、まったく同じ顔をしている訳ではない。もしも区別がつかないぐらいに似た顔をしていたら、いかに日本語という言語を話していても、多枝子も彼らを同じ人間とは思えなかったかもしれない。

お蔭《かげ》で、店は流行っている。彼らだけで流行っている。したがって経営はまずまず順調で、食べるに困るということはない。多枝子は彼らに生活を支えてもらっている。そこに思い至ると気鬱《きうつ》になった。

(やれやれだ……)

二階のベランダの鉢植えに水を遣《や》りながら、多枝子は疲れた吐息を漏らした。第二日曜と第四日曜を定休日と決めていた。その二日だけが、一ヵ月のうちで彼らの顔を見なくて済む日になった。

鉢植えの薔薇《ばら》の花も咲きはじめていた。見渡せば、周辺の緑も色濃くなり、初夏の日の光に眩《まぶ》しく映えている。

多枝子は、「シエスタ」のオープンを間近に控え、周辺の木々の新緑を眺めながら、幸せな気分で息をついていた頃のことを思い出していた。あれからわずかひと月半ほどしか経っていない。なのに何という変わりようだろうか。近頃ではすっかり気が塞いでしまって、緑を楽しんでいる心の余裕すら失っていた。

（薔薇もこんなにきれいに咲いているのに、それにもろくろく気がつかずにいたなんて）

薔薇の茎にふと動くものを見て、多枝子は目を見開いて、鉢に顔を近づけた。

虫だった。茎と同じ緑色をしたアブラムシが、茎にびっしり張りついている。反射的に、ぞっと背筋や二の腕に鳥肌が立った。

恐る恐る葉の裏側を引っ繰り返してみる。緑色のアブラムシは、葉の裏側をもびっしり覆い尽くしていた。いったいいつこんなにはびこったものかと思う。小さな薔薇の木全体を覆い尽くしながら、緑の虫がうじうじ細かに蠢いている。

（やだ！）

鉢をそのまま投げ捨ててしまいたい衝動に駆られた。が、そんなことをする訳にもいかない。かといって、せっかく彼らから解放された休日に、この上アブラムシの駆除などという気の滅入《めい》る仕事はしたくなかった。

（どうして私、こんな目にばっかり遭うの……遭わなきゃならないの）

アブラムシがたかった鉢もそのままに、多枝子は部屋のなかに戻って頭を抱えた。自然と涙が滲んでくる。やり場のない思いに、堪えきれずに多枝子は電話に手をのばしていた。

広瀬洋一と真美——、駅の反対側に住む、学生時代からの友人夫婦の電話番号を押す。

「あら、多枝子、どうしたの？　元気？」

事情を知らない真美は、屈託のない明るい声で言った。

「虫が、虫がたかってしまって困っているの」多枝子は言った。「店でも家でも……もう私、堪らないわ」

「虫？　何の虫？　まさか茶毒蛾《どくが》じゃないでしょうね。うちの実家の椿の木に、茶毒蛾の幼虫がついてしまって大騒動だったのよ。あれは毛や粉に触れただけでも、全身がかぶれて大変なことになるわよ」

「蛾……蛾でも毛虫でもない」

言いながら、多枝子は心の中で、やっぱり彼らは虫だと思っていた。ずんぐりとしたからだつきをした昆虫だ。たぶん羽を持っている。耳にぞわぞわ聞こえてくる彼らの低い囁き声は、思えば家のなかにはいってきた蠅《はえ》が窓とカーテンの隙間《すきま》などにはいって立てる、ブンブンいう羽音によく似ていた。虫だから、誰もが似たような顔をしている。

彼ら一人一人の顔が脳裏に浮かんだ。続けて、薔薇の茎や葉の裏にびっしりついていた緑色のアブラムシの図が目のなかに甦《よみがえ》る。

「真美、助けて」

ぞっとなって、思わず多枝子は言っていた。言った途端に、懸命に感情を塞《せ》き止めていた壁が一挙に崩れて、涙がどっと溢れだした。泣きだした多枝子の気配を察した真美が、半分夫の洋一に語りかけながら、多枝子に向かって言う声が、受話器の向こうから聞こえていた。

「ねえ、あなた、多枝子が泣いてる。――多枝子、大丈夫？　どうしたの？　今日は洋一も休みで家にいるし、何だったらこれからそっちに行ってあげるわよ。洋一も、一緒に行ってもいいって言ってるわ。だから多枝子、泣かないで」

三十分ほどでそっちに行くから、という真美の言葉にようやく宥《なだ》められ、受話器を置いてティッシュで涙を拭《ぬぐ》う。一人ではない。もうすぐ洋一と真美がきてくれる――。

その時多枝子の頭の片隅を、ふいとよぎっていった思いがあった。この物件、ギャラリー主体のカフェを手放して隠遁《いんとん》した老夫婦のことだ。ひょっとして夫妻も、虫が我慢ならなかったのではないか。彼らという虫にたかられて、それがいやさに郷里に引き上げてしまったのではなかったのか。

（間違いは、最初にあったんだわ）

多枝子は、不意に悟ったような思いがしていた。

5

薔薇の鉢は、洋一が始末してくれた。アブラムシだけ駆除することもできると言ったが、多枝子は首を横に振った。あれだけ虫がたかってしまった薔薇を目にするのはもういやだったし、一度駆除したにしても、またたからないという保証もない。考えただけで鳥肌が立った。

虫の一団——、彼らのことも、洋一と真美が調べてくれた。

彼らは、苗字を雨後《うご》という。苗字からして変わっている。もともとはこの土地の人間ではなかったらしいのだが、いつの間にやら住み着いて、今では駅のこちら側の地域のかなりの部分を、一族で所有しているという。

「聞くところによると、何でも五十人を超す大家族らしいわ。今時珍しいわよね」真美は言った。「そうなると、家族というより一族ね。どこからか移り住んできて、あれよあれよという間に人数も大きく膨らんでしまったんだとか」

一族だとしても、なかには夫婦という関係だってあるだろう。それがどうしてみな同じ顔をしているのか、多枝子には納得がいかなかった。

「それは私にも……」真美も困惑げに顔色を曇らせて首を傾《かし》げた。「でも、全員同じ顔という訳ではないみたいよ」

「え?」

現代の美醜の規準からすれば、雨後一族の構成員の容貌は、決して美の部類には属さない。忌憚《きたん》なく言ってしまうならば醜の部類だろう。が、なかに一人、留美子という女がいて、彼女は華のようにうつくしい顔と姿かたちを持っているのだという。

「留美子……」

言われてみれば、その名前は多枝子も彼らの口から耳にしたことがあった。寿治だったか武男だったかが言ったことがある。「そのうちに留美子さんを連れてこないと」――。

その時は、この上さらに仲間を呼び寄せようとしているのかと、内心腐るような思いで聞いていただけで、あまり深くは考えなかった。が、ほかの人間は呼び捨てかせいぜい「松ちゃん」「征ちゃん」と、〝ちゃん〟がついているぐらいなのに、彼女だけが〝さん〟づけで呼ばれていた。

「私の知り合いの話によると、スーパーモデルみたいにきれいで目立つ人だって」

「スーパーモデル？」多枝子は眉間《みけん》のあたりに翳を落として言った。「その人、本当に雨後一族なの？」

「嫁《とつ》いできた訳じゃない、正真正銘の雨後一族の人間らしいわよ」

真美の言葉に、多枝子の眉間に落ちた翳は、いっそう濃くなった。スーパーモデルというのがかなり誇張を含んだ比喩《ひゆ》だとしても、人がそれだけうつくしいと評価する女が彼ら一族のなかにいるとは、多枝子にはとうてい信じられないことだった。

「いつの間にか大家族に膨れ上がっていて、ここらあたりの土地を自分たちのものにしていたっていうのはちょっと気味が悪いし、誰も彼もがひと目で雨後家の人間だってわかる顔をしているっていうのもたしかに気味悪いけど、べつに悪い人たちじゃないみたいよ」

真美は言ったが、悪い人たちでなければいいというものでもなかった。悪気なく店を占拠して、自分たちではそれとは気づかず、ほかの客を駆逐してしまうからこそ始末が悪い。

「私、どうしたらいいのかしら……」

暗く濁った面持ちをして、多枝子は呟いた。

五十人を超す大家族では、これからまだ新しくやってくる人間がきっといる。そうやって四、五十人に入れ替わり立ち替わりやってこられた日には、「シエスタ」のような小さな喫茶店は、完全に雨後家のサロンか茶の間になってしまう。

「飽きるんじゃない？」真美が言った。「最初のうちはもの珍しくて通いつめていても、じきに飽きるものよ。しばらくは、ただの客だと思って辛抱するしかないのかも。そのうちきっとまた、多枝子が思っていたような喫茶店に戻るわよ」

彼らがやってこなくなる日までただ我慢するしかないというのではやりきれない。それまで毎日同じ顔を見て、耳にブンブンいうような話し声に堪えていなくてはならないのか。

「だけど五十人以上もいる家なんでしょ。まだきていない人も多いってことになるわ。あの人たちみんなが飽きるまでには、きっとまだまだ時間がかかるわ」

言ううちにも、言葉は元気を失って、声も微妙に震えてくるようだった。勝手に唇がわななき、咽喉《のど》の奥から涙の気配がこみ上げてくる。

「多枝子。気持ちはわかるけど、あんまりそのことばっかり考えていたら、病気になっちゃうわ」

多枝子を励まし、元気づけようという気持ちからか、真美は顔にあえて明るい笑みを浮かべて言った。

「あなた、最近、顔色悪いもの。顔色も表情もすっかりくすんじゃって、前の多枝子じゃないみたい。姿勢だって何だかちょっと猫背になって、肩が内側にすぼまっちゃってる。しょうがない、しばらくは仕事と割り切って、彼らに儲《もう》けさせてもらったらいいのよ。必ず解放される日はやってくるから。ね？」

真美にいくら明るい笑みを注がれても、多枝子の顔からくすんだ濁りがとれることはなかった。店は毎日雨後一族でいっぱい……いくら商売だから、客だから、と理屈を自分に言い聞かせたところで、神経がそれを受けつけない。

「真美は現実には、彼らが店にうようよいるのを見たことがないから」ぼそりと多枝子は言った。「あの異様な雰囲気も、低く響く羽音みたいな話し声も知らないから」

「私も平日は仕事だし」

真美は視線を落として困ったように息をついてから、もう一度多枝子を見て言った。

「わかった。私もたまにはお店を覗《のぞ》いてみるようにする。そうしたら多枝子の気分も少しは晴れるでしょ？　彼らがいても、私は決して逃げない客だもの」

自分で言って、真美は乾いた笑い声を立てて笑った。が、多枝子は内心首を捻《ひね》っていた。

真美は本当に逃げない客だろうか。あの状況のなかに二時間身を置いていられたら、実際たいしたものだと思う。それが真美にできるだろうか。しかし、内側の疑心を隠して多枝子は言った。

「待ってる。真美がきてくれたら、私も心強いわ」

誰でもいい。ずらりと揃った同じ顔を見ているのはもうたくさんだった。多枝子は違った顔をした客が見たかった。

6

夏も盛りになりつつあった。多枝子が「シエスタ」をオープンしてから、そろそろ三ヵ月が経とうとしていた。

いずれ雨後一族も飽きるだろう、と真美は言った。が、三ヵ月近くが経った今も、「シエスタ」が一族に占拠されているという状況に、何ら変わりはなかった。いや、いっそう勢いをましたと言っていい。開店間もなくはいってくるのも雨後一族なら、閉店までいるのも雨後一族。

真美は時々様子を窺うように電話を寄越したが、店にはなかなかやってこなかった。急に会社を辞めた人間がでて、仕事が忙しくなってしまったのだという。

が、もう真美にきてもらわなくても、多枝子はべつに構わなかった。ある時期から、留美子が店を訪れるようになっていた。近頃では、二日か三日に一度は「シエスタ」にやってくる。

評判通り、留美子は見事にうつくしい女だった。いや、評判以上かもしれない。背丈は百七十センチぐらいだろうか。すらりとしているが、きわめて女らしいメリハリと丸みのあるからだつきをしていて、透き通るように白く滑らかな肌を持っている。顔だちは整っている上に彫りが深い。物腰も表情もきわめて上品だが、ある種濃厚な色香が身の周辺に漂っている感じがした。たぶん香水はつけていない。なのに彼女はいい匂いがした。

留美子がはじめて店に現れた時、多枝子は一瞬言葉を失った。ほかの雨後一族との乖離《かいり》が大きかったということもある。が、それ以上に、留美子の天然のうつくしさに圧倒されていた。見ていて多枝子は、留美子が醸しだす空気には、生まれ持った典雅さが感じられるような気さえした。

真美はやってこない。だが、留美子がきてくれれば、違った顔どころか、店に大輪の花が咲く。多枝子は、ただ留美子を見ていればよかった。それで充分救われたし癒《いや》された。

「多枝子さん、今日は私、アイスコーヒーね」

「僕はアイス・オ・レにしようかな」

「多枝子さん、悪いけどメニューを見せてくれる？」

最近では、誰も多枝子を「ママ」や「ママさん」とは呼ばない。みんな「多枝子さん」と名前で呼ぶ。多枝子さん、多枝子さん、と呼ばれて彼らの間をひらひら動いていると、何だかここが自分の喫茶店ではなく、雨後の家のサロンでお茶だしの手伝いをしているような錯覚を起こしかける。だがそれも、もはやたいして気にはならなくなっていた。彼らがかたときも言葉を途切らせることなく、ざわざわ低く語り合い続けるのは相変わらずだが、それにも多少慣れてきたのだろうか。近頃では、当初ほど神経に障らなくなっている。

ドアが開く気配に、多枝子は入口の方を振り返った。はいってきた客の顔を見た途端、ひとりでに笑みが顔の上に滲みだしていた。ほんのりと、幸せな気分が内から湧いてくる。

「あ、留美子さん、いらっしゃいませ」

「多枝子さん、こんにちは」

彼女はほかの一族の人間とは、声も違った。高くて軽やかな声をしている。だから話の途中で留美子が笑うと、周囲の羽音が消えて、耳に心地よい鈴音が響いたようになる。

「留美子さん、今日は何になさいます?」

「今日は蒸すから、私もアイスコーヒーをいただこうかしら」

「アイスコーヒーですね。かしこまりました」

留美子と接していると、無意識のうちに彼女にかしずくようなていねいな応対になっているのに気がつく。理由は……自分でもよくわからない。だが、彼女にはその価値があるような気がした。見た目にうつくしいということはもちろんだが、彼女には、人を魅《ひ》きつけずにはおかない何かがある。

留美子にアイスコーヒーをだし、カウンターの内に戻って彼女を眺める。続けてドアが開き、新たな客がはいってきた。はいってきた客の顔を見て、あ、と多枝子は目を見開いた。真美だった。

が、次に目を見開いたのは、真美の方だった。瞬時にして店内の独特の雰囲気に包み込まれた真美は、なかば茫然としているようでもあった。

「あ、真美。いらっしゃい」

多枝子の言葉に、真美がいくらか強張《こわば》った面持ちをして、カウンターの多枝子の方に歩み寄ってきた。

「多枝子、どうなっちゃったのよ、これはいったい？」

いくらか色を失した顔をして、囁くように真美が言った。

「だから、前から話しているじゃない。雨後一族よ。ああ、あの中心にいるのが留美子さんね」

店内を見まわしてから、真美は力なく首を横に振った。

「信じられない。これじゃまるで花にたかる蜜蜂《みつばち》って感じ」

しっ、と窘《たしな》めるみたいに眉を顰《ひそ》めて、多枝子は固い表情で真美を制した。

「あら、多枝子さん、お友だち？　お話しちゅう悪いけど、ちょっといいかしら？」

大テーブルから飛んできた声に、ええ、と軽やかな笑みと言葉をもって応え、彼らの方に進んでいく。

「留美子さんがね、多枝子さん、一度うちに遊びにいらっしゃらないかしら、って」

靖代が言う。

「え？　私がお宅にですか？」

「ええ、多枝子さんに兄を紹介したくって」続けて留美子が言った。

「留美子さんのお兄さま……」

「こちらにお邪魔すればいいんだけど、兄、出無精なのよ。ですから多枝子さん、よろしかったら一度お休みの日にでも、ぜひうちに遊びにいらして。ね？」

「あ……はい、ありがとうございます。でも、私、お邪魔してもよろしいんでしょうか」

「あら、もちろんだわ」

留美子の兄も雨後一族の一人だ。留美子以外の人間のように、ぺしゃんこで色の黒いつまらない顔をしているかもしれない。とはいえ、何といっても留美子の実兄だ。その他大勢の方にではなく、留美子の方に似ているという可能性も充分にある。

「ちょっと多枝子、大丈夫？　あなた。何をやっているのよ？」

ふわふわと、なかば夢見心地でカウンターの方に戻ってきた多枝子を、肘《ひじ》で鋭く突《つつ》いて真美が言った。睨《にら》むような目をしていた。

「え？　大丈夫って何が？」

「おかしいわよ。どうしてあなた、あの人たちのうちに遊びにいくなんて約束をするのよ」

「だって、留美子さんがお兄さまを紹介してくださるって言うから」

「だからそれがおかしいって言っているの」

「でも、せっかく留美子さんが誘ってくださっているんだもの」

頭に、まだ会ったこともない留美子の兄の姿が浮かんでいた。早くも多枝子のなかの彼の姿は、その他大勢の側にではなく、大きく留美子の側に傾いていた。

「多枝子、取り込まれてる」言った真美の顔が蒼《あお》ざめていた。「今日自分の目で見て、私にもようやくわかったわ。こうやって、彼らは一族を殖やしているのよ。増殖しているのよ。あなた、うっかり出かけていって、もしも雨後一族の一員になるようなことにでもなったらどうするの？」

「何を言っているのよ。真美、失礼よ。聞こえたらどうするのよ」

「もう……わからないかなあ」

いかにも焦《じ》れったそうに言い、真美は多枝子の腕を摑んで、カウンターの内側に引っ張っていった。それから改めて真剣な顔をして多枝子を見据えて言った。

「いいこと、多枝子。雨後一族はね、やっぱりあれは蜂よ」

蜂は、今日はひとつ、翌《あく》る日はふたつ、三日目にはよっつと……日ごと少しずつ巣穴を作り、はたの人間が気づいた時には、驚くほど大きな巣を作り上げている。雨後一族がやっているのも同じこと、一人二人とさみだれ式にはいり込んできて、いつしか大勢でそこを占拠、占領してしまっている――。

「そういうやり方をしてきたからこそ、あれよあれよという間に、この近辺の土地だって、自分たち一族のものにできたのよ。多枝子もうかうかしていると彼らに取り込まれて、気づいた時にはこの店も土地も雨後一族のものになってしまっていた、なんてことになりかねないわよ」

「いやね、真美ったら」多枝子は笑った。「蜂だの、取り込むだの、さっきから変なことばかり言って」

「ちょっと。最初に彼らを虫だと言ったのは多枝子、あなたよ。忘れたの?」

多枝子は、少し考えるように首を傾げた。

言われてみれば、そう思っていた時期があったような気がした。が、留美子がやってくるようになってから、彼らに対する多枝子の意識も知らぬ間に、ずいぶん変わったような感じがする。

「多枝子、女王蜂のフェロモンに、すっかりやられてしまったんじゃないの。私が今日何に一番驚いたかって、あなた——」

真美はさらに多枝子の手を引っ張って、カウンターの奥に連れていった。奥の壁には、化粧直しのための鏡がかけてある。その鏡の前に多枝子を立たせて真美は言った。

「見てごらんなさいよ、自分の顔。私、びっくりしたわよ。多枝子、顔つきが変わってる。前もちょっと思ったけど、今日はもっとひどい。黒く濁った顔をして……どうなっちゃってるの？」

多枝子は鏡を覗き込んだ。陶の縁取りのある楕円形をした鏡のなかに、自分の顔が映っていた。

以前に比べて、丸顔になったように思えた。顔全体が黒っぽくなっていて、そのせいか、目鼻だちももうひとつはっきりしない。何だかメリハリもなくなったようで、見ていて平べったい感じがした。

「ね、顔が変わってるでしょう？」

傍らで真美が言った。

多枝子は鏡のなかの自分を、もう一度しっかりと見据えた。

どこかで見たような顔……雨後一族の顔。

振り返り、店のなかの彼らを見た。その他大勢の働き蜂たちは、みな同じ顔をしている。

働き蜂であるその彼らの顔に、たしかに多枝子は少しずつ歩み寄りつつあるようだった。

多枝子の視線を感じたのか、留美子が顔を多枝子の方に向け、視線をとめるとにこりと頬笑んでみせた。眩しいような彼女の笑みに、気持ちがくらりと惹《ひ》き寄せられかける。女王蜂――。

「多枝子」

ぴしゃりと頬を張るような真美の声で我に返り、もう一度鏡を覗き込む。平べったい働き蜂の顔。

「嘘」

血の気が退いたせいでいっそう黒くなった顔をして、多枝子は虫がブンと羽を鳴らすような、低い声で呟いていた。

えんがちょ

1

息を殺すようにして、密《ひそ》かにベッドからひとり脱けだす。物音ひとつ立てるまい、隣で寝ている夫に気取《けど》られまい……細心の注意を払っての、ごくゆっくりとした身の動かし方だった。ベッドからそろりと下におろした足が、フローリングの床に着く。ひんやりとした床の感触が、裸足《はだし》の足裏に心地よかった。その心地よさの半分は、夫と同じベッドから、うまく逃れることができたという安堵《あんど》がもたらしたものだったかもしれない。これでようやく自由に息ができるという解放感。

春先だ。本当ならば「冷たいっ」と、顔を顰《しか》めていてもいいところだった。

さらに気を抜くことなく、忍び足でリビングへと逃れ、静かにドアを閉めてから、万知子はゆるゆるとソファに腰を下ろした。ソファに背をもたせかけた万知子の唇から、ひとりでに深い吐息が漏れでる。

(困ったな……いったいどうしちゃったんだろう?)

額に軽く片手をあてがい、万知子は心で呟《つぶや》いた。

夫の洋介と結婚したのは一年半前のことだ。交際期間もちょうど一年半。超ラブラブ、とんだバカップル……二人の度を越した甘ったるさに周囲も閉口するような大恋愛の果ての結婚だった。当時、職という面で洋介の腰が定まっていなかったから、はじめのうちは両親の反対もあった。洋介は、アルバイトからアルバイトへの食いつなぎで、なかなかひとつところに腰を落ち着けたがらない性分だったのだ。が、それも、万知子と結婚するためならばと、覚悟を決めた洋介が、外食産業としては中堅どころの「サンフラワーズ」に正式に就職したことでクリアされた。

洋介三十歳、万知子二十八歳――、かくして二人はめでたく華燭《かしょく》の典を挙げ、万知子は星野万知子から君沢万知子になった。洋介は、万知子の両親との約束をきちんと守って、今も「サンフラワーズ」のデリバリーサービスセンターという部署で、一サラリーマンとして真面目に勤めている。仕事は決して楽ではない。主として都内だが、車での移動も多ければ、日常的な残業のみならず、早朝出勤もしょっちゅうだ。土、日が必ず休みだとも限らない。万知子に言わせれば、仕事が忙しいと言うよりも、一人の人間に与えられている仕事量が多すぎるのだ。だから、クレームにつながるミスも発生すれば、そのクレーム処理にも追われることになる。

「『サンフラワーズ』って、テレビCMのイメージとは大違い。ずいぶん人使いの荒い会社なのねえ」

呆《あき》れて万知子は言ったが、人間、変われば変わるもので、洋介は不平を口にすることなくやっている。

「まあ、会社なんて、たぶんどこもこんなもんだよ」どうということなさそうに洋介は言う。「それにうちは業種が業種だけに、昼も夜も、食い物にだけは不自由しないのがいいし」

「うち」——、洋介と生活していくうちに、だんだん万知子は、ひょっとするとこの人には、実はこういうサラリーマン生活が一番性に合っていたのではないかと考えるようになった。つまり、万知子は洋介に無理を強《し》いた訳ではない、きっとこれでよかったのだ、と。

(ちゃんと働いてくれている)

万知子はソファに背をぐたりともたせかけたまま思った。

(結婚してからも、洋介は変わらない。少しも変わることなく私のことを愛してくれている。よくわかっているんだけどな)

結婚した途端に洋介の態度や振る舞いが変わったとか、逆に万知子の側に急激な心変わりが生じたとか……そういうことではまったくない。洋介に、不満という不満はこれと言ってないのだ。

あれだけの大恋愛の末に結婚したのだ。しかも、結婚してからたったの一年半。まだ充分に新婚のうちと言っていいだろう。いざ実際に生活をともにしてみたら、相手のどうにも鼻持ちならない部分が見えてきたとか、何としても折り合えないところが見つかったとか……そういうことでも全然ない。何せ結婚前も、週のうち半分は一緒という半同棲状態だった。洋介と生活をはじめるに当たって、万知子に不安は少しもなかった。不安どころか、新生活の物選びひとつにしても、浮かれきってやっていた。

（私だって、今も洋介を愛してる。そのはずなのよ。それがどうして？）

〝それ〟がきたのが半月前だったか三週間前だったか、万知子の記憶もさだかでない。だが、ほぼ唐突に〝それ〟はきた。

洋介に背後から抱きすくめられ、うなじにしとっと唇を這《は》わされた瞬間、全身の皮膚の内側に隈《くま》なく鳥肌が立つような、ぞっとするほどの戦慄《せんりつ》がきた。本来なら、二人にとってそんなことは、日常の挨拶《あいさつ》とも言えない程度のことだった。

「あなたたちって、お互いの存在を、そんなにしょっちゅう肌で確認し合っていないと安心できない訳？」

友人にもうんざりされるぐらい、人前でも触れ合ってきたたし、触れ合うことを常としてきた。結婚してからも、視界に相手の姿がはいれば、おのずと手がのびた。家で食事をする時も、差し向かいではなく並んで隣に坐る。言うまでもなく、その方が互いの距離が近いし、相手のからだに触りやすいからだ。洋介は、ものを食べながらでも万知子の髪や胸を触るし、キスもする。時によってはそこからことがはじまって、食事を中断して行為に及ぶこともある。

結婚前の一年半も、何百回とまでは言わないものの、そう言いたくなるぐらいに肌を合わせてきた。馴染《なじ》みきった肌、馴染みきった行為。

(私たち、ちょっとどうかしてるかも)

自分でも、そう思うことがあるぐらいだった。

好き者同士――、はたから見れば、単にそういうことになってしまうのかもしれないが、二人にとっては自然だったたし、万知子にとってもいつの間にやらそれがすっかり当たり前のことになっていた。愛し合っている男女というのはそういうものではないか。だからこそ、相手を掛けがえのないパートナーと思えるのではないか。

外見、性格、ものの考え方……そうしたものとはまたべつに、からだの相性もきっといいのだ。その証拠に、過去、万知子は洋介以外の相手と、こんなにもべったりした接し方をしたことはない。ところが、洋介とだと、万知子自身の欲望もひとりでに高まるし、交われば恍惚《こうこつ》たる快感にも浸される。彼の肌触りや唇の感触も、万知子は理屈抜きで大好きだ。洋介とからだとからだでつながっている時が、万知子は一番安心できた。

今も欲望が萎《な》えてしまったということはない。セックスそのものはいやではない。もはや癖か習慣のようになってしまっているから、むしろからだは求めていると言っていい。

そのはずなのだが――。

　万知子の唇から、音のない息が漏れでた。

　洋介は、今夜も万知子を求めてきたし、万知子も妻としてというより女としてそれに応じた。これまでに数えきれないぐらいに繰り返してきた営みだ。ことがはじまれば勝手にからだは反応する。触れられるうちにからだの内で快感の波が高まっていき、洋介のからだにまわす腕や手にも自然と力が籠《こ》もる。ところが、やはり突然〝それ〟がくる。全身の皮膚の内側に隈なく鳥肌が立つような戦慄――。

（そうじゃない）

　心の内で呟いて、万知子は力なく首を横に振った。

〝全身の皮膚の内側に隈なく鳥肌が立つような感じ〟〝ぞっとするような戦慄〟……そこには何とか問題を無難に治めようとする誤魔化しがある。

（そんなの嘘っぱち。きれいごとよ）

　万知子は、いくらか忌ま忌ましげに眉を寄せた。

　あれは生理的な嫌悪であり、生理的な拒絶だ。愛している男と交わっているというのに、いきなり獣か獣に等しい男に肉体を蹂躙《じゅうりん》され、無理矢理犯されてでもいるような、自分でもどうしようもない嫌悪感が身を一直線に駆け抜けていく。当然のように、快感の渦は一気に嫌悪の渦へと変容する。かといって、洋介をはね除《の》け、突然行為を中断する訳にはいかない。それでは洋介が変に思う。したがって、万知子にとって今夜の営みは、途中からは洋介に心中を悟られまいとする虚《むな》しい演技でしかなく、悦《よろこ》びがあるどころか、まさに苦行そのものだった。こんなことが、あの日〝それ〟がきて以来、ずっと続いている。今日は大丈夫かと思っても、やはり突然〝それ〟がくる。こうなってくると、洋介にからだを求められること自体が恐ろしくなる。いや、触れられること、近寄られることまでもがだ。

(サイアク……)

その時の嫌悪がまざまざと身に思い出され、万知子はさらに強く眉を寄せた。それからちょっと天を仰いだ。

生理的な嫌悪という言葉でさえも、生やさしいかもしれなかった。ずばり言ってしまえば、穢《けが》らわしい。

(穢らわしい？　私ったら、何てひどいことを……)

自分で自分の感情と言葉の激烈さに呆れ返る。だが、自らの心は偽りようがなかった。

「もしかしてチコ、ここんとこ、ちょっとからだの調子が悪いのか」

万知子がいくら平静を装ってみたところで、これまでがこれまでだっただけに、洋介もいつもと様子が違うことにどうしたって気がつく。万知子は、前に編集プロダクションに勤めていた時のコネを活かして、家で編集に関わる仕事をしている。パソコンでの記事と写真の割りつけ、レイアウトの仕事だ。だから、今はたまたま仕事が立て込んでいて疲れているということにしてある。けれども、いつまでもそんな言い訳が通用するはずがない。

(それより先にこっちが限界)

そのうちに、「やめてっ!」と大声で叫んで、洋介をはね除け、突き飛ばしてしまうような気がする。その時万知子は、本当ならば洋介に決して見せてはいけない呪わしげな形相をしているに違いない。百年の恋も冷めるような顔。

(困った)

万知子は、文字通り頭を抱えた。自分でも、どうしてこんなことになったのかわからない。三年目、七年目……夫婦には必ず倦怠《けんたい》期というのがやってくると、よく人は言う。相手の箸《はし》の上げ下ろしから何から何までが鼻につき、同じ部屋で息をしていることすらが厭《いと》わしくなる時期だ。とはいえ、洋介と万知子は、夫婦になってたったの一年半だ。それとも、結婚前の一年半があまりに濃密だったから、実質三年という計算になり、早くも倦怠期が訪れたのだろうか。

(違う)

明かりのないリビングで、万知子はひとり大真面目な顔をして、闇を睨《にら》んだ。まだ誤魔化しがある。自分でも、認めまいとしてきたが、本当のところ万知子は気づいていた。

匂いだ。

洋介の匂いが我慢ならない。

ことにセックスしている時に彼が放つ匂いが、万知子に瞬間的に猛烈な嫌悪を催させる。獣臭いような、きな臭いような……また、アンモニア臭にも通じるような、鼻を突くいやな匂いだ。

(そう、匂いなのよ)

万知子は小さくうなだれた。

息を詰めた状態で、男と交わることができるだろうか。そんなのは無理だ。だから参る。また、それゆえ万知子は、行為を終えた後も洋介と同じベッドにいることに堪えられず、こうして密かに寝室を脱けだしてきている。隣で寝ている洋介が吐きだす獣じみた匂いが、万知子が眠りに落ちることを邪魔するし、息をすることさえ苦しくするからだ。

匂い——、一応の答えにたどり着いても、やはり疑問は残った。万知子は、洋介の体臭なり体液の匂いなりが嫌いだった訳ではない。もしもそうだったとしたら、あれほど濃密な恋愛はあり得なかったし、当然結婚もあり得なかった。そもそも彼は、元来体臭の強い種類の男ではないのだ。

(なのにどうして？)

万知子はうなだれた頭を支えようとするように、また額に手をあてがった。

なぜ洋介は、ここにきて急にあんな匂いを放つようになったのだろうか。いや、ことによると問題は、洋介の側にあるのではなく、万知子の側にあるのかもしれない。人間の体臭が、そうそう変わるはずがない。万知子の嗅覚《きゅうかく》が今、どういう訳だか彼の匂いに異様に敏感になっているという可能性も否定はできない。嗅覚が変わったからといって妊娠している訳ではない。女だけに、それははっきりと言い切れるのだが。

愛し合って結婚した夫、今も愛しているはずの夫。その夫に向かって、「あなたの匂いが我慢ならない」「匂いがいやだからセックスしたくない」などと、どの口で言えたものだろうか。匂いというのは、いたってデリケートな問題だ。夫婦でなくとも、もしも誰かに「臭い」「匂うから近寄らないで」とでも言ったなら、相手が深く傷つくのはもちろんのこと、たぶんことはそれだけで治まらない。「臭い」は、すなわち「キープアウト」「立ち入り禁止」だ。それは一種のハラスメントであり差別だろう。それを口にすれば、口にした側の人間が、今度は非難と排斥の対象となりかねない。

（えんがちょだ）

万知子は、心で小さく呟いた。

えんがちょ、切った。鍵締めた。天の神様に預けた――。

ずっと忘れていた。だが、小学校の低学年の頃、みんなでそんな言葉を口にして、指を輪っかにしたり、天に向かって放り投げる仕種《しぐさ》をしたりしたものだ。えんがちょイコールばばっちいもの。犬の糞《ふん》、小動物の死骸……あるいはそれに触ってしまった子供。

(参った。どうしたらいいの?)

夜のしじまに、その晩何度目かの万知子の吐息が、戸惑いを内に含んでじわりと滲《にじ》んだ。

(洋介が目を覚ます前にベッドに戻らなくちゃ。でないと、きっと洋介が変に思う)

そう思いながらも、ソファに沈み込んだ万知子の腰は重たかった。

2

「え? 何? 何て言った? 今日は洋介が休みだから家にいたくなかった? だから口実を作って家を出てきた?」

カウンターの内側の桔子《きっこ》は、いささか大袈裟《おおげさ》なぐらい、ぎょっと目を見開いて万知子の顔を覗《のぞ》き込んだ。同時に、盛大にマスカラを塗った睫毛《まつげ》も上下に動く。

「よく言うわよ。あなたたち、うちの店にきたって、ずっと手をつないだまま見つめ合うばっかりで、まるっきりの二人の世界。ほかは何にも目にはいらないって感じだったじゃない? まわりはみんな、大いに辟易《へきえき》してたんだから。しかもそれ、結婚した後の話よ。つい二、三ヵ月前のことだわ」

言いながら、桔子は一度は乗りだした身を後ろに引き戻しつつ、鬱陶《うっとう》しげに眉を顰《ひそ》めた。ものののついでのように腕を組む。

「ダフネ」――、荻窪《おぎくぼ》の入り組んだ路地にある小さなバーだ。万知子は大学時代から通っている。したがって、ママの桔子とは、そろそろ十年のつき合いになる。歳は五十二、三……親戚《しんせき》の叔母さん、と言うと桔子が怒るかもしれないが、もはや桔子とは、顔馴染みと言うよりも、血のつながりのない肉親に近い。少なくとも万知子の側はそう思っている。万知子のよき相談相手――、桔子には、過去、幾度か恋愛相談にも乗ってもらったし、むろん洋介も連れてきている。

「ねえ、マチ。頼むから真剣な顔して冗談はやめて。誰がそんなこと信じるかって言うの」

かつて周囲は万知子のことを、たいがいみんな「マチ」と呼んでいた。桔子も同じく「マチ」と呼ぶ。洋介の前につき合っていた彼氏もそうだ。だからこそ洋介には、あえて「チコ」と呼んでもらうことにした。

「冗談どころか、それが本当だから困ってるのよね……」

万知子は、頰杖《ほおづえ》を突くような恰好《かっこう》でこめかみのあたりに両手を当てて、カウンターテーブルに視線を落とした。瞳にテーブルの上の水割のグラスが映る。

最近は、洋介が仕事に出かけるとすぐに窓を開け放つ。シーツの洗濯はほぼ毎日だ。テレビのCMで見た噴霧式の消臭剤を買ってきては、気づくとシュッシュとやっている。しかもマスクを装着してだ。そうしないことには気が済まない。まるで病院かどこかの施設の消毒係のようだと自分でも思う。

「洋介と丸一日同じ器のなかにいるっていうのが、どうしても堪えられなかったのよ」きらきらと光を反射させる水割のグラスを瞳に映したまま、力なく万知子は言った。「日が暮れてきたら、いよいよ息詰まるって言うか、気が変になりそうになってきて……それでいい加減なこと言って出てきちゃったの」

「マジ?」

「マジ」

視線を桔子の目元に戻し、目と頬で小さく頷《うなず》く。

「洋介と丸一日一緒にいるのが堪えられないって……それが本当だとしたら、いったいあなたたち、どうしちゃった訳?　何があったのよ?」

「何もない。ないからこそ悩んでいるんだけど……」

前置きをしてから、万知子は桔子相手に、ざっくり事情を打ち明けた。ある日ある瞬間を境に、突然のように洋介に生理的嫌悪を催すようになった。身を貫く稲妻みたいなその嫌悪感を、自分でどうすることもできない――。

打ち明ける相手も相談する相手も、桔子よりほか、思い浮かばなかった。桔子でさえ、「よく言うわよ」「冗談はやめて」と眉を顰めたぐらいだ。話したところで、きっとみんな本気にしないだろうし、本気にしたとしても、「あれだけべたべたしておいていまさら何を」と相手にされないのが関の山だ。ことの深刻さの伝わる道理がない。万知子は今、真実困っているのだ。

ただし、桔子にも匂いのことは口にできなかった。それを言ったら、厳罰必至のひどいルール違反になる気がした。他人に対して夫の洋介を、妻の万知子が臭いもの、汚いもの扱いすることはできない。洋介がえんがちょだなどと、口が裂けても言えたものではない。

「稲妻みたいな強烈な生理的嫌悪感……マチ、それマジ？」

再び桔子が問う。

「マジ」

先刻と同じ調子で言ってかすかに頷く。

「だとしたら、それはやっぱり……やりすぎ？」

「言われると思った」

万知子はちょっと顔をひしゃげさせ、虚空に視線を投げだした。

「だって、それ以外に考えられる？　時も場所も選ばずに、あれだけいつも二人でいちゃついておいて、おまけに陰でやることもしっかりやってたら……それってよそのカップルの何年分かでしょう？　マチ、もう三十になったんだっけ？」

「うん。去年の十一月にね」

「十八、九のカップルならともかく、二人とも三十路《みそじ》だからねえ。——うん、やっぱり飽きるわ。私の歳なら一週間で音《ね》を上げる」

「三十路って言ったって、三十二と三十よ。下世話な言葉で言ったら〝やり時〟じゃない？　ママは三十の時どうだったのよ？」

「まあ、そう言われるとねえ……」

桔子は目線を落として、ちょっと頭を掻《か》くような仕種をした。

「第一、ある時を境に突然なのよ。それも半端な嫌悪感じゃない。何て言うか……触られるのはもちろん、そばに寄られるのもおぞましいって言うぐらいのもの凄《すご》い嫌悪感。ママ、私は今も洋介を愛してるのよ。ママにだから言うけど、べつにセックスそのものに飽きたって訳でもない。なのに、いきなりそんなことって、ふつうアリ？」

「…………」

狭い店内に、やや陰鬱な沈黙が漂う。土曜の口開けの時刻にやってきたから、客はまだ万知子のほかに誰もいない。桔子とじっくり話ができるのが幸いだった。

「……マチは、敏感な体質だからなあ」

沈黙の後、銜《くわ》えた煙草に火をつけてから、桔子がぼそりと呟いた。桔子の唇から、細い煙の筋がすいと流れる。

「え？　何？」

「ほら？　過去のことを蒸し返すようで悪いけど、拓実の時もそうだったじゃない？　マチったら、いやとなったらもう全然駄目で……」

桔子の言葉に、ああ、と万知子は二度続けて首肯《しゅこう》した。

関口拓実——、万知子が二十三、四の時につき合っていた男だ。グラフィックデザイナー。いや、デザイナー志望のフリーターと言うのが本当のところだったろう。なぜなら、拓実はデザイナーとして世間から認知されていなかったし、当然一本立ちもできていなかったからだ。たしかにデザイン事務所に所属していたが、あくまでもアルバイトで、そこで彼がデザインに関わる仕事をさせてもらっていたかどうかもさだかでない。拓実とは、当時万知子が勤めていた編集プロダクションに彼が出入りしていたことからつき合うようになった。

百八十センチ近い背丈、整った顔だち……それに拓実は自分なりに服を着こなすと言うより着崩すのがうまい男で、その出で立ちだけで、はっと人の目を惹《ひ》きつけるようなところがあった。たとえばキャップひとつとっても、人とは被《かぶ》り方がどこかひと味異なるのだ。また、自称デザイナーだけあって、時代や流行に関するアンテナはしっかりと持っていて、街の情報にも精通していた。はしりのショップ、話題のレストラン、パブ、人気のスポット……彼と街歩きをしていて、万知子は飽きることがまるでなかった。間違いなく、センスはあったと思う。今、拓実がどうしているのかは知らないが、事実、デザイナーとして食べていけるだけの才能にも恵まれていたかもしれない。自分は必ず一枚看板のデザイナーになれるというゆえない自信を持っているところも、当時の万知子には魅力的に思えた。だからこそ、一時は万知子も夢中になった。

「見た目だけのことで言えば、洋介とよりお似合いだったもんね、マチと拓実」

桔子の言葉に、万知子は顔を左右に大きく動かした。

拓実とは、一年が限界だった。何せ拓実は、全然信用ならないのだ。そのことに万知子はくたびれ果て、彼に魅《ひ》かれるものを残しながらも、一年で別れを決めざるを得なかった。

べつに拓実が嘘つきだったとか浮気性だったとか借金癖があったとか……そういうことではない。ただ彼は、万知子に言わせるならば、かなりの憑依体質《ひょうい》だった。やや極端な言い方をすると、会うたび性格、人間性が異なるのだ。拓実は拓実なのだが、目の色が違う、言うことが違う。時には顔までもが違って見える。本来は、お洒落《しゃれ》でカッコイイのが身上という伊達《だて》男なのに、一緒に食事をしていても、がつがつと野卑と言いたくなるようなものの食べ方をする。そういう時は、自然と背中も丸まっている。言葉遣いも粗野になれば顔を歪《ゆが》めてチッと舌打ちもする。道に平気で唾を吐く。

反対に、ぐったりと見る影もなく参っていることもあった。そういう時、拓実は「脚が痛い」「肩が重い」「首が動かない」……たいがい何かしらからだの不調を訴えた。実際に、首の付け根に訳のわからない腫《は》れ物を作っていたり、背中に奇妙な爛《ただ》れを作っていたりもした。

「拓実、昨日か今日か、どこかに行った？」

万知子はしょっちゅう拓実に尋ねずにはいられなかった。刑場跡、墓地、過去に事故があった現場……ずばりその場所ではないにしても、どうやら拓実はその近くを通っただけで、あたりに浮遊している〝何か〟を拾ってきてしまうようだった。

拓実の顔に重なって、痩せ衰えた白髪の老人の顔が、万知子の目にもはっきりと見えたことがあった。その瞬間、万知子はもう駄目だと観念した。いくら素の拓実がハンサムでスマートでも、歯も抜け落ちた疫病神のような老人を抱えた彼と、とてもではないがキスする気持ちにも抱き合う気持ちにもなれない。たとえそこを何とか乗り越えたとしても、この先彼がどんなものを抱えてくることかと考えると怖気《おぞけ》がした。

桔子には、拓実の件でもいろいろと相談に乗ってもらった。その時、桔子は万知子に言った。

「私はそういうことに関して鈍感だから、マチの言っていることよくわからないんだけど、マチは感じる、マチには見えるっていうんじゃどうにもならないわね。そもそも拓実本人にはその自覚がないんでしょ？　だとすると治しようがないし、そういう体質って、どうやって治したらいいのかもわからないし。それに、もしもマチの言うことが事実だとすると、拓実の将来もちょっとねえ……。あの子がデザイナーとして大成するのは難しいかも」

「どういう意味？」

万知子は訊《き》いた。

「あの子のセンスがいいのはあたしも認める。でも、日によって人格が入れ替わったみたいになって、肝心な軸がぐらぐらするような人間なんて」言ってから、桔子はちょっと肩を竦《すく》めるようにして唇をへの字に曲げた。「どうあれ常に同じレベルの仕事を上げてこそのプロでしょ。今はまだ若いからいいけれど、ああいう夢追い人が夢破れた時は厄介かもよ」

桔子の言葉で、万知子もようやく踏ん切りがついた。恰好ばっかりでろくな仕事ができず、いつまで経っても「自称デザイナー」では話にならない。それ以前に、誰と会って話しているのやら、こちらの頭が混乱してくるような相手はたくさんだった。たぶん桔子に相談した時点で、万知子の心は決まっていたのだと思う。ただ、「さあ、すっぱりとなさい！」と、背中を押してくれる人がほしかったのだ。

「あの時も、マチ、言ってた」ちょっと過去を振り返るような目つきをして桔子が言った。

「『今も拓実のことは好きなのよ。好きなんだけど……』って」

「そうだったかもしれない」

「だったら、今回もやっぱり同じじゃないの？」今度は目を輝かせて桔子が言った。「ならば、前の轍《てつ》に学べよ。マチはきっと洋介に何かを感じたのよ。つまり、拓実と同じように、洋介が何かよろしくないものをくっつけてきた――」

違う、と心のなかで呟きつつ、万知子は力なく首を横に振った。

「え？　違う？　そうじゃないの？　だって今のマチの様子や言い分、あの時の感じとそっくりよ」

基本的に洋介は、拓実とはまったく人間の質が異なるのだ。職だけは腰が落ち着かない時期があったものの、ほかの面ではほぼ不動。見たまんま、あるいは言葉のまんまの人間で、彼は肚《はら》に何もない。また洋介は、いい意味で鈍感でもあり、霊だの何だの余計なものは感じないし、信じてもいない。もちろん拾ってくることもない。

拓実とのことでは、万知子はふつうとは違う種類の苦労をした。それだけに、あけすけで空っぽと言ってもいいような洋介の人柄に魅かれたし、心安らぐこともできた。体型的にはややずんぐりむっくりで、拓実と単純に比べれば、たしかに見た目では劣るかもしれない。目も一重でぱっちりとはしていない。どちらかというとヌーボーとした風貌だ。が、一度恋に落ちてしまえば痘痕《あばた》も笑窪《えくぼ》。万知子には、洋介の体型や顔つきまでもが好ましいものに思えたし、何だか無条件に安心できる気がした。

「洋介は空っぽ……」カウンターの内側の枯子が、万知子の言葉を繰り返すように呟いた。

「空っぽのまんまで、べつに何かくっつけてきた訳じゃない――」

「うん。あの人、もともとそういう体質の人じゃないもの。今も何もくっつけてきてなんかいないよ」

「なのにマチは、時々洋介に堪らない嫌悪を催す。昔と変わらず洋介を愛しているのに――」

桔子の言葉に、万知子は重たげに頷いた。

拓実とのことがあって、万知子は、ひょっとして自分がその種のことに敏感すぎるのではないかと思ったりもした。万知子自身、万知子――、万を知る子。こじつけかもしれないが、もともと好きでなかった自分の名前がなおさら嫌いになって、それで仕切り直すような気持ちで洋介には、「チコ」と呼んでもらうことにした。

「でも……だったらどうして？」

改めて真顔で桔子に問われ、万知子は答えに窮して眉根を寄せた。自分でもさっぱり訳がわからない。だからこそ、大いに戸惑っているし困っている。こうして桔子と言葉を交わしていても、万知子はますます迷路にはまっていくような心境だった。

「わからない……。私にもさっぱり訳がわからないのよ」

低く呟いてから、顔を上げて桔子を見る。

「匂いがいや」――、まるで胃の腑《ふ》からこみ上げてくるように咽喉《のど》もとまでのぼってきた言葉を、すんでのところで飲み下す。臭い、獣臭い、悪臭がする……やはりそれは桔子相手でも、どうあっても口にできないことだった。肝心な点を口にできないもどかしさと苦しさに、おのずと顔が薄暗く曇る。すべて桔子にぶちまけられたら、どれほど楽になるか知れないし、ことによると桔子が、万知子が思ってもみなかったような理由を何か見つけてくれるかもしれないというのに——。

「あ、いらっしゃい」

ドアの方にすいと目をやって桔子が言った。

「ダフネ」が新しい客を迎えた。万知子は、いわば本題にはいる前の段階で、難しげな顔をして押し黙らざるを得なかった。

どうして洋介といると息が詰まるの？　何であの人の匂いがこうもいやなの？——、当然、答えはでないままだった。

行き暮れたように、万知子は水割のグラスに口をつけた。

3

あっという間の出来事だった。

夢のなかのような時間と言うのは、こういう時間のことを言うのかと、改めて万知子は目の前の洋介の顔を眺めながら思っていた。いまだに、どこか絵空ごとのような気がしてならない。

洋介の顔は怖いぐらいに白く、血の気が微塵《みじん》も感じられない。その瞼《まぶた》は閉じていて、瞬《まばた》きする気配もなければ睫毛も揺れない。また、口や鼻、あるいは毛穴や汗腺から、もうあの獣臭いようなきな臭いような、独特の匂いを吐きだすこともまったくなかった。

その日、洋介は、仕事で帰りが遅くなる予定だった。「晩飯は要らないから」——、そう言って出かけていった洋介の姿を、何となく頭の端に思い浮かべながら、夕刻万知子はパソコンに向かっていた。窓の外に広がりだした蒼《あお》ざめた闇と軽い空腹感が、万知子に出がけの洋介の言葉と姿を思い出させたのかもしれない。自分一人の夕食なら、何時だって構わないし、何を食べたっていい。それより万知子は、明後日に納期が迫った仕事の仕上げの方を、先に済ませてしまいたかった。

次第に夕べが夜の領域へと移行していく。まだ春浅い。闇とともに、ひたひたと外から冷気が忍び入ってくるようだった。それでもとにかくキリのいいところまでと、万知子はパソコンに向かい続けた。

電話が鳴った。

万知子は視線をパソコンの画面に向けたまま受話器を取り、「はい、君沢です」と、感情の籠もらない声で応じた。

「あの、わたくし、『サンフラワーズ』の浜村と申します。失礼ですが、君沢洋介さんの奥様でいらっしゃいますでしょうか」

　すぐには頭が切り替わらずに、一瞬、目がぱちくりとなったが、洋介の直属の上司の苗字《みょうじ》が浜村だったことを思い出して、「あ、いつも主人がお世話になりまして」と、万知子は慌てて挨拶をした。お決まりの言葉を口にしながらも、どうして洋介の上司が家に電話を、という思いと、浜村の丁重な言葉遣いとどこか沈痛な色合いを帯びた声音《こわね》を訝《いぶか》しむ思いとが、万知子の頭の片隅にあった。

　聞けば、浜村は、品川の五反田救急医療センターから電話をかけていると言う。

「品川の五反田救急医療センター……」

　午前中、浜村は、洋介の様子がいつもと異なることに気がついた。洋介は、見るだに顔色も悪ければ、いかにもしんどそうで、動きも鈍く重たげだった。

「どうした？　具合でも悪いのか」

　浜村に問われて、洋介は「頭痛がして」と、顔を歪めて応えたと言う。それで浜村は、仮眠室で休憩を取ることを勧めた。昼過ぎに仮眠室を覗いたところ、洋介は眠っている様子だった。ならばそのまま寝かしておいた方がよいと思い、彼は洋介に声をかけなかった。

　一度表にでて仕事を済ませ、社に戻ってみたところ、まだ洋介がフロアに復帰していない。時計を見れば、時刻はすでに五時近い。日頃の勤勉と言うにふさわしい洋介の勤めぶりからして、ふつうではまず考えられないことだった。

「それでわたくしも、さすがにこれはおかしいと思いまして仮眠室に行ってみましたところが——」

洋介は眠っていたのではなかった。脳内に出血を起こして、意識不明、昏睡《こんすい》状態に陥っていたのだ。

「すぐに救急車を呼びましたが、何せ君沢君の意識がないものですから、何が起こっているのか訳がわからず……救急隊員のかたにあちこち連絡を取ってもらった上、ようやくこの五反田救急医療センターに受け入れてもらったのですが」

頭痛を訴えた時点で、すでに洋介はクモ膜下出血を起こしていたか、起こしかけていたのだと思う。いっそ職場のフロアで昏倒してしまえばよかったものを、折悪《おりあ》しく仮眠室にはいった直後に大出血を起こして、彼はそのままベッドで意識を失ってしまった。昼過ぎ、浜村が仮眠室を覗いた際に、洋介に歩み寄るなりして彼の顔色や息遣いを確かめていたら、話はまた違っていただろう。悪いことが重なる時というのはそういうものだ。

「それで主人は——」

予想だにしていなかった事態に、さすがに万知子の声も震えていた。

「大変お気の毒なことなのですが、こちらに収容された時点ではもう……」

洋介が死んだ——。

受話器を握っているうちにも、頭がぐんぐん現実からはぐれていく。不意に違う世界に投げ込まれたと言うよりも、この地上に自分一人が、ぽつんと取り残されたような感じだった。

「うちの車をお宅に差し向けてあります。間もなくそちらに到着すると思いますので、急なことでさぞかし驚かれておいででしょうが、奥様にはその車に乗っていただき、急ぎこちらにおいで願えないでしょうか」

わかりました、と言って電話を切ってからが、さながら嵐か怒濤《どとう》だった。

大慌てで支度をして病院に駆けつけ、もはや息のない洋介と対面する。脳動脈瘤《りゅう》破裂に伴うクモ膜下出血による死亡――、死亡と死因が確定されてしまえば、病院は死体に用はない。遺体の引き取り、親族への連絡、通夜と葬儀の手配……やっとのことで家に帰り着いても、次から次へと人がくる。万知子の両親はもちろん、当然洋介の両親もやってくれば、「サンフラワーズ」の人間、葬儀社の人間……初めて会う人間たちも大勢やってきて、何が何やらわからないうちに、ただ式の段取りだけがどんどん進んでいく。洋介の母の稜子の嘆きぶりがあまりに凄《すさ》まじいので、万知子はうっかり泣き損ねた。西荻窪にあるこの2LDKのマンションの部屋に、いちどにこれだけの人間がごった返したこともかつてなかったろう。

それぞれがそれぞれの支度のために引き上げていき、ようやく洋介と二人きりになれた時には、つるりと一夜が過ぎ去っていた。むろん、これまで狐《きつね》につままれたことはないが、これを狐につままれた心地と言うのだろうと、妙な感慨さえ抱いた。今夜はもう通夜だ。明日には葬式をだして、今、万知子の目の前に横たわっている洋介の肉体と、永遠の別れをしなくてはならない。

(疲れた……)

雑多な人間たちから解放されて人心地ついてみると、疲労に自然と肩が落ちて、身が萎《しぼ》んでいくようだった。

くんくんくん……気がつくと、万知子は無意識のうちに鼻を蠢《うごめ》かしていた。

(しない。やっぱりもうあの匂いがしない)

つい鼻をくんくんさせるのが、このところの万知子の癖になっていた。洋介を送りだして窓を開け放ち、空気を入れ換え、消臭剤を噴霧し、もうこれでどこも匂わないかと部屋のなかを歩きまわっては、鼻をくんくんさせて匂いを嗅ぐ。

(やだな、犬みたい)

そう思いながらも、自分でもどうしてもやめることができなかった癖だ。

(あ)

刹那《せつな》、万知子の頭のなかで何かが光った。突如腑に落ちたようになって、万知子は頬に両手をあてがった。

いつ洋介の脳に動脈瘤ができたのか、それはわからない。が、洋介があの獣臭いような、きな臭いような悪臭を放ちはじめた時、すでにこの日がくることは決まっていたのだ。すなわち、あの時点で彼は半分死んでいた。もはやあの世の領域に片足を突っ込んでいたのだ。万知子の鼻が洋介に嗅ぎつけていたのは、いわば死臭だ。病魔と病巣が放つ異臭、悪臭であり、その先にある逃れようのない死の匂い――。

不意に万知子の瞳から、玉を結んだ涙がぽろりとこぼれ落ちた。その温《ぬく》みと、こぼれ落ちた涙の粒の大きさにはっとなる。

(ごめん。ごめんね、洋介)

もの言わぬ洋介に心の内で語りかける。

(不平も言わずに働いていたけど、洋介、やっぱり無理してたんだ。私、そのことに気づいてあげられなくて、ほんとにごめん。無理して頑張ってたから、洋介、こんな大変な病気になっちゃったんだよね)

詫《わ》びる気持ちの一方で、万知子は自分が安堵を得ていることにも気がついていた。感情とはまた異なる次元で、たしかに万知子はほっとしている。恐らく今の涙は、その安堵がもたらした涙だった。

これでもう二度とあの匂いに悩まされることもなければ、苦しまされることもないという、理屈抜きの感覚の安らぎ。

(ひどい。私は、洋介のことを愛してた。洋介のことが大好きだった。なのにそんなの、

あんまりにもひどすぎる。洋介が死んじゃったっていうのに、そんなのない)

万知子は感情で泣こうと試みた。けれども、いくら自分を駆り立ててみても、いっこうに涙がでてこない。あえて声を上げてみたが、涙は玉を結ぶことはもちろん、筋を作って頬を伝わることもない。

洋介を愛していたという気持ちに嘘はない。だが、もしもあのままいっていたら、万知子は洋介を深く傷つけるかたちで彼を強烈に退けていたかもしれない。匂いがいやさに洋介のことを嫌いになっていたかもしれないし、それ以上に彼に憎まれていたかもしれない。相思相愛で結婚したはずの男女の険悪かつ壮絶な憎しみ合い――。

(もしかしたら、これでよかったのかもしれない。……この方がよかったのかもしれない)

咽喉《のど》を嗄《か》らしてみても泣けないことに疲れ果て、万知子は心でぼんやりと呟いた。呟きながら、自分は何と冷たい女だろうかと、部分的に醒《さ》めた頭で思っていた。

4

だいたいのことにカタがついて、万知子が自身と自分の生活を取り戻すのに、半年余りの時間を要した。正確には七ヵ月と少し。それでも周囲に言わせれば、早い方らしい。

「最低一年。一周忌がめぐってきて、ようやく書類関係の整理も気持ちの整理も一段落。そういうものよ」

桔子も言っていた。

が、万知子は、年が改まらないうちに、西荻窪のマンションから高円寺のマンションに引っ越した。一週間ばかり前のことだ。その前には穏便な話し合いのうちに君沢の籍から抜けて、再び星野万知子にも戻った。

人より早く自分なりの落ち着きを得ることができたのは、洋介との結婚生活の歴史が一年半と浅かったことと、万知子自身に何とか年内に整理をつけてしまいたいという明確な意志があったからだと思う。

洋介を、煙にして天国へ旅立たせ、お骨を君沢家の墓に納めた時、万知子はようやくこれで本当にあの匂いと訣別することができたと、内心息をつく思いだった。

えんがちょ、切った。鍵締めた。天の神様に預けた――。

冷淡きわまりないと言われればそれまでだ。万知子も否定するつもりはない。冷淡どころか、冷血、冷酷、ひどい女と非難されても仕方がない。洋介には本当に申し訳ないと思う。だが、感情でもなければ理屈でもなかった。正直、洋介がいた頃は、何だか自分まであの匂いに汚染されてしまいそうで、いやでいやで堪らなかった。神経に障る……いや、生きる者の生理と本能が、断固としてあの匂いを拒絶するのだ。それは万知子にも、どうしようもないことだった。

(洋介、私のことを許してね。その代わり、洋介との思い出は大事にする。私は洋介のことをずっと愛し続けるし、一生忘れないから)

万知子は、神に誓うような思いで、洋介の御霊《みたま》に掌を合わせたものだった。

ところが、納骨が済んで部屋から洋介のお骨が消えても、時としてまたあの匂いがふと漂う。

(え、嘘? 洋介はもういないのに……。どこよ? どこから匂ってきてるのよ?)

万知子は、また以前のように、鼻をくんくんさせざるを得なかった。

狩猟犬のように家じゅうを嗅ぎまわってみると、それはタンスの抽斗《ひきだし》の洋介の衣類から匂っているようであり、また、いつも洋介が坐っていたソファのあたりから漂ってきているようでもあった。あたかも地上から消えたはずの洋介が、「ねえ、チコ。僕はここにいるよ」と、目には見えない姿で懸命にその存在を主張してきているかのように万知子には思えた。

(やだ)

万知子は、躍起になって洋介のものや衣類を処分したし、クッションカバーやカーテンといったファブリクスだけでなく、自分の衣類も洗いざらいと言っていいぐらいに洗濯したりクリーニングにだしたりした。まるで病的な潔癖性、まさに「これでもか、これでもか」という徹底ぶりだった。それでもなお、時としてあの匂いが万知子の鼻先をかすめる。いい加減いやになりながら、ひょっとして洋介は、まだ自分が死んだことに気がつかないでいるのではないか、と万知子は思ったりもした。自分の死を受け入れられずにいる洋介が、いまだ病巣を抱えたまま、魂だけの状態でこの家に帰ってきているのではないか――。

(駄目よ、洋介。かわいそうだけど、あなたは死んだの。この世の人ではないのよ。だから、もうここに帰ってきてはいけないんだってば)

万知子は、何度も何度も心で洋介に言い聞かせた。それでも洋介は帰ってくる。何としても、万知子の言葉を聞き入れようとしない。その証拠に、やっぱりあの匂いがする。

甘かった――、自分の楽観を悔いるような気持ちで、万知子は俄然《がぜん》整理を急いだ。ちょっと早すぎるのではないかと思いながらも、洋介の両親ときちんと話し合った上で君沢の籍から抜けたのも、それがあったからだ。紙の上でも洋介と縁を切らないことには、あの匂いとも縁を切ることができない気がしたのだ。それに、何よりも家を引っ越さなければと考えて、急いで自分一人の新しい住まいを探した。洋介のものを一切捨て去った上で、逃れるようにこのマンションに引っ越してきた。

(これでOK。もう大丈夫)

ものが収まるところに収まって、ほぼ生活の準備が整った部屋を、万知子は目もとに薄く笑みを滲ませた顔で見まわした。もったいないとは思ったが、カーペットやカーテンのみならず、家具や家電も買い換えた。万知子の境遇を不憫《ふびん》に思った両親が、金銭的にずいぶん援助してくれたので助かった。両親は、万知子は洋介につながるものを目にするのがつらいのだろうと考えたようだが、実際のところ万知子は、洋介とともに使っていたものは、何ひとつたりとこの部屋に持ち込みたくなかったのだ。

新しいものがほとんどだけに、こうして見まわしてみるだけでも目に清々《すがすが》しい。何だか気持ちまで澄み渡ってくるようだった。やはりこれで正解だったのだと、万知子の目もとの笑みも自然と濃くなる。

来春からは、家で仕事をするばかりでなく、週に二日は以前に勤めていた編集プロダクションに出かけていって仕事をすることにもなった。時機を見ての完全復帰も悪くないと考えている。

(いよいよ新生活のスタートよ)

万知子は満足げな顔を少し上げ、大きく息を吸い込んだ。

次の瞬間、万知子の顔からたちまち笑みがついえ、同時に顔色も蒼ざめていった。

(嘘?……)

万知子はなかば怖気立ったような真剣な面持ちをして、思わず鼻をくんくんさせた。自分でも、顔からぐんぐん血の気が退《ひ》いていくのがわかる。

思い違いではなかった。やはり、あの匂いがする——。

（どうして？）

万知子は匂いの元を探して、狂ったように部屋のなかをくんくんと嗅ぎまわった。洋介のものはみんな捨ててきたはずだ。そのつもりだが、うっかり何か彼のものを、荷物のなかに紛れ込ませてきてしまったのだろうか。それとも、万知子の持ちもののなかに、何か彼の匂いを染みつけたものでもあるのだろうか。

せっかくきちんと抽斗に収めたものを、また引っ張りだしては匂いを嗅ぐ。これでもない、あれでもない……憑《つ》かれたように次々と引っ張りだしては、自分の鼻に近づけ真剣な顔をして匂いを嗅ぐ。

（どうなってるの？　あの人のものなんてもうないわ。匂う衣類なんてないはずなのよ。もしかして、洋介がこの部屋に帰ってきているの？　ううん、そんなはずない。だって、洋介は、ここへの帰り道を知らないもの。この家を知らないもの。それに私は、もう君沢万知子じゃない。星野万知子よ。洋介とは縁を切ったんだもの）

それでは、いったい何から匂いが香ってくるのか。匂いの元は何なのか……万知子は血《ち》眼《まなこ》になってあれやこれやのものの匂いを嗅ぎまわり続けた。

きれいに整っていた部屋はみるみるうちに散らかっていき、ひたすら乱雑をきわめていく。なのに、どうあっても匂いの元が見つけられない。〝これ〟と嗅ぎ当てることができない。

万知子は、衣類やものが散乱した部屋に、疲れきったようにへたり込んだ。興奮して動きまわったせいだろうか、汗とまではいかないものの、自分のからだからぶわっと蒸気が立ちのぼったような感じがした。

(くたびれた……)

息をついた次の瞬間、万知子ははっと身を強張《こわば》らせた。腕を鼻に近づけ、恐る恐る自分の匂いを嗅いでみる。

間違いなかった。匂いは、万知子自身の身の内側から立ちのぼってきている。さほど強くはない。が、獣臭くてきな臭くて、刺すようなアンモニア臭も内に含んだ、紛れもないあの匂いだ。

(え? 何? 私? 私がえんがちょ? そんな……嘘……)

動顛《どうてん》しかけた頭でぐるぐる思う。勝手に心臓がどきどきしていた。

(匂うってことは、もう伝染《うつ》っちゃったってこと? 病魔が私にとり憑いちゃったってこと?)

手先が小刻みに震えだし、額に汗が滲んできた。

(えんがちょ……次は私の番? 私、死ぬの? 死んじゃうの?)

もう一度自分の匂いを嗅ぐ。わずかにだが、やはりたしかにあの匂いがする。

えんがちょ、切った。鍵締めた。天の神様に預けた——。
心で洋介に向かって幾度か投げつけた言葉が、今度は万知子の耳の底に聞こえていた。

ひっつきむし

1

ひょっとしてひょっとすると、えらく厄介なものを拾ってきちまったかも——。

内心苦々しいような気持ちを覚えながらも、井田宏治《こうじ》は感情を消した顔で、ふうっと煙草の煙を吐き出した。ちらっと横に走らせた目の端で、キッチンに立つ真由がこちらに背を向けているのを捉《とら》えてから、眉間《みけん》のあたりにじんわり濁った翳《かげ》を滲《にじ》ませる。

倉沢真由。本人の言うところによれば、千葉県出身の二十四歳。

彼女に関して宏治が承知しているのはそれきりだ。その女が、もう半月余りもこの部屋にいる。宏治が借りている1LDKのコーポラスの部屋。

「今夜、これからどうする？……うちにくるか？」

酒の勢いに乗じて誘ってしまったのは宏治だ。むろん、内では助平心が働いていた。小柄だが、真由はなかなかいいからだをしていたし、ベビーフェイスでありながら、翳りと言っていいような倦《う》みが顔とからだ全体に滲んでいるのにもそそられた。茶色い長めの髪の毛も、宏治の好みと言えば好みだった。

いや、酒場のカウンターでたまたま隣り合わせただけの女を、うかうか自分の部屋に引き入れてしまったのは、宏治自身の気持ちがやさぐれていたからにほかなるまい。

調理専門学校をでてから、新橋の「筒見《つつみ》」という料理屋に三年勤めた。調理師免許だって持っていた。宏治はまがりなりにも国家資格を持った、プロの調理人という訳だ。

しかし、世のなか、そんなに甘くない。よその世界のことは知らないが、たぶん料理人の世界はなおさらだろう。宏治が勤めた頃、「筒見」には彼より十も歳上《としうえ》で、六年追廻《おいまわし》をしている戸松という男がいた。追廻というのは、いわば調理場全体の雑用係だ。調理場の掃除、鍋《なべ》、釜、焼き網の洗い、野菜、魚の洗い、皮剝《む》き……まだ料理に携わっているとは言えない一番の下っ端。

「お前、簡単にやめるなよな」戸松は、休憩時間に、表向きは店で禁じられている煙草をぷかりとふかしながら宏治に言った。「最近の奴らは、すぐにやめちまうから。そうしたらお前、俺は次がくるまでまた追廻だ」

追廻、焼き方、揚げ方、脇板、向板《むこういた》、脇鍋、煮方……そうした役割分担やそれに基づく上下関係は、店や店の格によっても異なるし、たぶん前よりずいぶんマシになったのだろう。それでも、いまだ板場は昔懐かしい徒弟制が、相当幅を利かせている場所だ。「筒見」には、宏治を含めて六人の板前がいたが、新たに下がはいってこない限り、今度は宏治が延々追廻だ。調理師免許を持っているからといって、べつに宏治が戸松の上にいける訳でもない。

だから、宏治は見切りをつけて「筒見」を辞めた。板前は、腕と舌、それに資格——、その頃は、そんな矜持《きょうじ》というか、ゆえない自信と若さがあったのだ。ところが、どこの店にいっても似たり寄ったりで、容易に一人前の扱いはしてもらえない。

勤めては嫌気がさして辞め……と、あちこちの店を転々とした果てに、宏治はついこのあいだまで、中級居酒屋チェーンで、副店長として働いていた。サブチーフ、縮めてサブチー。さすがにここの厨房《ちゅうぼう》では、何でもやらせてもらえた。久々に料理というものに携われたような満足感を得た。

ただし、当然ながらその満足感も長くは続かなかった。チェーン店の料理など、だいたい決まっている。決まっているからこそのチェーン店なのだ。店長の柴本の頭のなかはと言えば、料理云々《うんぬん》ではなく数字でぱんぱん。とにかく売り上げをのばすことが柴本の使命で、その成績如何《いかん》によって、将来、柴本が自分の店を持てる持てないが決まってくる。

「ようこそ、毎度！　いらっしゃいませ！」「ご注文、喜んで。かしこまりました！」「ありがとうございました！　またのお越しを心から！」……マニュアル通りの台詞《せりふ》を、従業員が一斉に口にする。その唱和に狂いが生じないようにと、毎日開店前に全員で唱和して、柴本が各自のお辞儀の角度まで細かくチェックを入れる。

店では調法されたし、わりに給料がよかったから、それでも四年近く勤めたが、やはり限界がきた。もともと宏治は、外で飲み食いすることが好きだ。麻雀を含めた賭《か》け事も嫌いでない。ところが、年中無休のチェーンの居酒屋でいいようにこき使われていた日には、夜、おちおち外に飲みにでる暇もない。

そこそこ貯金もできた。今、仕事を辞めたからといって、差し当たって生活に困ることもない。となれば、ここはしばし休憩――、心でそんな宣言をしてまた店を辞めた。それが二ヵ月ほど前のことだった。

以来、昼はパチンコ、競艇、競輪……夜は外での飲み食い、キャバクラ、麻雀……まるで檻《おり》から解き放たれた猿みたいに、無節操な生活を続けてきた。そんな日々のなか、深夜、最後の締めに時々立ち寄るようになったのが、「ジタン」というカウンターバーだった。その「ジタン」で、宏治は真由と出くわした。

「コウさん、焼きそばできたよ」

キッチンから、焦げたソースの匂いとともに、真由の声が流れてきた。もの思いを中断される恰好《かっこう》になりながら、「おう」と感情を含まない声で応じる。

「何か緊張するんだよね」焼きそばをフライパンから皿に移しながら、真由がくすぐったげな声で言う。「だって、プロの料理人のコウさんに、焼きそばとはいえ、私ごときが料理を作るなんてさ」

見ると、真由の顔にはてらいを含んだ笑みがあり、宏治に向けられた目のなかにも同じ種類の光があった。

悪い女ではない。わかっているから、「それじゃあな」「どこへでも行っちまえよ」と、無下に放《ほ》っぽりだすこともできずにいる。

「私ね、ひっつきむしなんだ」

はじめて会った晩、「ジタン」で真由が口にした言葉が思い出された。場面も一緒に甦《よみがえ》る。真由の目はやや酔眼で、視線はカウンターの向こうの空《くう》に投げだされていた。

「ひっつきむし？」

宏治が問い返すと、真由は面白くなさそうに頷《うなず》いた。

「うん。私の昔の綽名《あだな》。いやな綽名だなあと思ってたけど、たしかに私、ひっつきむしなんだよね」

おかしな女だと思った。酔っているのだろうとも思った。その両方とも、あながち間違いではなかったのだが。

「あ。ねえ、コウさん。飲み物、冷蔵庫のなかのウーロン茶でいい？」

焼きそばの皿を手にした真由の問いかけに、宏治は、また「おう」と、短く唸《うな》るような声で応えていた。

2

ひっつきむし。

ただし、むしとは言っても、べつに生きて動く虫ではない。子供の頃、友だちに投げつけたりセーターにくっつけたりして遊んだ、あの草の実のことだ。

「ほら、小さな枝豆の粒ぐらいの大きさで、細かな棘《とげ》みたいなのがいーっぱいくっついているやつ。あれ、オナモミって言うのかな」

「ジタン」で真由が言った時、ずっと忘れていた遠い少年の日の光景が、すいと宏治の脳裏に浮かび上がり、同時に、ちょっと青臭いようなオナモミの実の匂いが、ぷんと鼻先に漂った気がした。

「ああ、あれか」首肯《しゅこう》しながら宏治は言った。「あのマジックテープみたいな毛だか棘だかのついた――」

「そうそう、あの実」今度は真由が首肯した。「あ、それに私、磁石って呼ばれてたこともあった」

「オナモミに磁石――、両方ともくっつくものだな」

「それでひっつきむし。私、あれこれくっつけてきちゃうから」真由はうんざりしたような顔をして、ぐいとスコッチの水割を呷《あお》った。「何でも私、七代前の人の人生を、今、たどり直しているらしいのよね。その人がふつうの人ならともかく、こともあろうに歩き巫女《みこ》で……だから、ほんとに困っちゃってて」

宏治もすでにしたたか飲んでいた。真由と話をしていると、その酩酊《めいてい》が、奇妙に捩《よじ》れて深まっていくようだった。

「で、何なのさ、その歩き巫女って？」

「あれ？ 知らない？ 昔は諸国を流浪して、口寄せや託宣をする巫女さんがいたのよ」

「諸国を流浪って、ずいぶん古いこと知ってるんだな」

「だって、私がそれなんだもの。仕方ないじゃない」

真由はいくらか不服そうな顔をして、きゅっと唇を尖《とが》らせた。

真由に言わせれば、彼女は七代前のエヨという名の歩き巫女が前世でし残したことを果たすために、この世に生まれてきたということだった。それゆえ、どこに居を定めようとしても定まらない。身を定めようとしても定まらない――。

「何しろ、すごい憑依《ひょうい》体質の人なのよね。どこかに行くたび、何かをするたび、そこらにふわふわしている霊だか魂だかをくっつけちゃって。おまけに放浪癖もあるしさ。そんなんじゃ、仕事だってまともに勤まらない」

「それであなたも流浪の民って訳か」

宏治は真由の足もとに目を落として言った。店にはいってきた時から気がついていた。真由の足もとには、ふだん外歩きに持ってでるには明らかに大きすぎるバッグが、どんと無造作に置かれていた。最初それを目にした時は、「プチ家出か」と思ったが、いまどきプチ家出をするのは、十五、六歳の小娘だろう。真由はそれより少し歳《とし》がいっているようだったし、プチ家出娘がひとりバーで酒を飲んでいるというのも妙なものだと思い直した。

「じゃあ、あれだ。あなたもバリバリの憑依体質で、イタコみたいに霊をくっつけちゃうんだ」

うん、と陰気に頷いた真由に向かって、いくぶんはしゃいだような声で宏治は続けた。

「だったら、いっそそれを商売にしちゃったらいいんだよ。霊能者とかいって、テレビにもよくでてるじゃない？」

「駄目、駄目。そんなの絶対に無理」真由はいっそう顔を曇らせて、大きくかぶりを振った。「霊はいっぱいくっつけるけど、それをどう扱ったらいいのかが、私には全然わからないんだもの。エヨさん、不親切なのよ。くっつけるばっかりで、何も教えてくれない」

「今は？」宏治は真由の顔をちょっと覗《のぞ》き込むようにして尋ねた。「今は何もくっつけてないの？」

「くっつけてるわよ、いくつも。ただ、今は、私のなかでなりを潜めてるだけ。私が気を緩めたり弱ったりした時、ここぞとばかりその人たちが現れるの」

「へえ。でも、くっつけるばっかりじゃ、満員電車みたいに込み合っちゃって、終《しま》いにはえらいことになっちゃうじゃない」

「何ごとにも許容量っていうのがあるみたいね。私は七、八人が限度。それに私は頼りないから、もっと頼りになりそうな相手を見つけると、霊もそっちに乗り換えていくわ。だから、入れ替わり立ち替わりって感じ」

「ふうん」

適当に合いの手を入れたり、感心したように声を上げたりしながらも、べつに宏治は、真由の話を頭から信じていた訳ではない。

何軒か前に勤めていた店に、近藤知佳《ちか》というお運びのアルバイトがいた。知佳はこの手の話が大好きで、休憩時間になるとよくそんな話をしていた。その時も宏治は暇潰《つぶ》しに、単なる与太《よた》話として聞いていたにすぎない。そもそも、宏治には霊感はおろか、霊感めいたものすらない。自分がまったく感じないものを、いくら声高《こわだか》に訴えられたところで、本心納得がいくものではない。ただし、宏治は賭け事が好きだから、運というのは何となく感じるし、信じてもいる。ツイている、ツイていないということはたしかにあるし、相性のいい相手、悪い相手がいるというのも事実だろう。その程度だ。

真由は、時々アルバイトをしたりしながら、友人宅を転々としてきたらしいが、ここにきて、遂に手駒《てごま》が尽きた。一番転がり込みやすかった女友だちに、新しい彼氏ができたのだ。目下彼らはラブラブ。となれば、真由は、ひっつきむしならぬお邪魔虫でしかない。

「何人かの友だちにメールを入れて、今、連絡を待ってるところなんだけどね」真由はカウンターの上に置かれた携帯に、ちらっと目を走らせて言った。「今夜は駄目だな、空振りみたい。誰からも全然レスがない」

「そうしたら今夜、どうするんだよ?」

うーん、と小首を傾《かし》げてから、「大丈夫」と真由はあっさり頷いた。「前にもこういうことはあったし、夏場だから何とかなる」

「何とかなるって……」

ほの暗い店のカウンターの上の携帯は、身じろぎすることもなければ光を放つこともなく、ひたすら沈黙を守っている。酔いで霞《かす》みはじめた宏治の目には、その水色の携帯が、真由の孤独と行き場のなさを物語っているかのように映った。

3

その晩は、二人で部屋に帰り着くと、酔いに任せてくんずほぐれつと交わり合い、果てに揃《そろ》ってどろりと寝入ってしまった。翌日もその流れで、ただ何となく部屋でだらだらと過ごしただけだ。腹が空けば何かを食い、もののついでのようにまたまぐわう。前にも誰かべつの女と、こんな怠惰で爛《ただ》れた時間を過ごしたことがあったっけ、という感覚。時として巡りくる日常のひとコマ。べつに、何事も起きなかった。

異変が起きたのは、真由が宏治のところに転がり込んできてから、数日が経った真夜中のことだった。一度は眠りに落ちていたものの、異様な気配と物音に目を覚ますと、真由が明かりのない暗い部屋を、手と膝《ひざ》を床につく恰好で、ずるずると這《は》いずりまわっていた。

「手袋……」這いつくばりながら、真由が言う。「ない。私の手袋がない」

最初は、寝ぼけているのだと思った。夜中に不意に大事なものをなくしたことに気づいて、慌てることはあるだろう。だが、今は六月だ。しかも家のなかだというのに、何も夜中に懸命に手袋を探す必要はあるまい。

「おい、どうした?」宏治はふとんから半分身を起こして、真由に声をかけた。「お前、寝ぼけてるんだろう。目を覚ませよ」

一方、真由は、宏治の言葉などまるで耳にはいらないかのように、さかんに「手袋」と繰り返し、床を這いまわり続ける。ここは無理にでも目を覚まさせなければと起きだすと、宏治は真由の前にまわって彼女の両肩に手をかけた。

「おい、真由」

名前を呼んで真由の顔を見た次の瞬間、宏治はぎょっと息を呑んで絶句した。

薄暗がりだ。が、真由の顔が変わっているのが見て取れた。真由は凹凸の少ない丸顔をしている。ところが、その時の真由は頬がいくぶんこけて、もっと面長で大人の女の顔をしていた。目のあたりも翳ができるほどに窪《くぼ》んでいたし、何よりもその目自体が切れ長で、いつもの真由のそれとは明らかに違った。

「手袋……」女は宏治に向かって、縋《すが》るような口調で言った。「私の手袋はどこ？　カッちゃんにもらった臙脂《えんじ》の手袋……」

よく聞けば、声もふだんの真由の声ではない。もっと低くてかすれている。

人が変わったような真由を目《ま》の当たりにして、宏治は思わず総毛立ったようになり、ぞくりと背中に悪寒が走るのを覚えた。これが真由の言っていた憑依というやつかという思い。声や喋《しゃべ》り方が変わるというのは何となくわかる。しかし、顔だちまでもが変わるというのは――。

「ねえ、私の手袋。私の手袋はどこ？」

女がぎゅっと宏治の腕を摑《つか》んで言う。再び宏治の全身に、ざわりと鳥肌が立った。

「おい、真由。しっかりしろ！　目を覚ませって！」

宏治は真由のからだを揺さぶった。けれども、真由はべつの女の顔をしたまま、「手袋、手袋」と、執拗《しつよう》に宏治に言い募る。

「手袋って、そんなことを言われても……」

どうしていいやら困り果てていると、今度は女が、「痛い」「寒い」と訴えだした。

「足……足が痛い。足が痛くて動かない。寒い……寒いよ」

言ったかと思うと、女ががくがくとからだを震わせはじめた。どう見ても、演技ではあり得なかった。小刻みで、時に激しい身の震え――、からだが冷えきってしまわないように、何とか熱を起こそうとする生体の自然な反応だ。

「寒い。ねえ、寒いよお……」

仕方なしに女の背中をさすってやる。それでも女のからだの震えも嘆きもおさまらない。

「待ってろ。今、毛布を持ってきてやるから」

クロゼットから毛布を引っ張りだすと、宏治は床に坐り込んだ女のからだを毛布ですっぽりくるんでやった。あえて電気はつけなかった。様変わりした真由の顔を、明かりの下で見るのが恐ろしかったからだ。俺はいったい何をやっているんだ――、頭で思いながらも、女の背を手でさすり続ける。

そのうちようやく女の身の震えはおさまった。やれやれと息をついたのも束《つか》の間、震えがおさまると、女は大事なことを思い出したように、またぞろ「手袋」と言いだした。

「わかった、わかった」内心うんざりしながら、女を宥《なだ》めるように宏治は言った。「手袋ならきっとあるって。カッちゃんにもらった臙脂の手袋だろ？　それなら俺が必ず見つけておいてやるから」

「本当？　本当に見つけておいてくれる？」

「ああ、見つけておく。だから、あんたは少し眠った方がいい」

むろん、その場凌《しの》ぎの誤魔化しだ。それでも女は一応の安心を得たのか、さんざん宏治を手こずらせた果てに、やがて眠りに落ちていった。

次に目を覚ました時、真由は元の真由に戻っていた。けろりというほどではない。いささか疲れたような寝起きの顔。

「いったい何だったんだよ、昨日の晩のあれは？」

翌朝、まだ信じられないような思いで宏治が問うと、真由は「ごめん」と萎《しお》れた花のようにうなだれた。聞けば、宿主たる真由に、おぼろな意識はあるのだと言う。ただし、一度誰かに身を乗っ取られると、相手が納得するまで真由本人にもどうすることもできない。

「お前、顔まで変わってたぞ」

「みたいね。前にも人に言われたことある」

「で、あの女、何者なんだ？」

「交通事故で死んだ人」

冬場、深夜に凍結した道路を車で走っていて、スリップ事故を起こした。ガードレールに激突して、潰れた車に足を挟まれた彼女は、身動き取れないままに、出血多量で亡くなった。

「何であんなに手袋にこだわってるんだ？」

「それは、恋人からプレゼントされたばかりの手袋だったからよ」

その恋人というのがカッちゃんか、と心で小さく呟《つぶや》き顔を顰《しか》める。

「ごめんね」いかにも申し訳なさそうな声で言い、真由はまたうなだれた。「やっぱり私、コウさんにも迷惑かけちゃった。ほんとにごめん」

いや、いいよ――、べつに本当にいいと思っている訳ではないのに、思わず宏治は言っていた。厄介をかけたのは真由ではないという思いが、心のどこかにあったからかもしれない。前の晩にでてきた女と宏治が現に目にしている女、二人の女の間には、それぐらいに大きな隔たりがあった。

だが、今となってみれば、やはりあの時が岐《わか》れ目だったと、臍《ほぞ》をかまずにいられない。「悪いけど、お前みたいなおかしな女はたくさんだ」「面倒見切れないから出ていってくれ」、宏治は意を決して言うべきだった。そうしていれば、さらなる面倒を背負うことはなかったろう。

次にでてきたのはアイちゃん。まだ四歳になったばかりの女の子。

宏治がパチンコから帰ってみると、真由が部屋の片隅で、膝を抱えてめそめそ泣いていた。ひと目見て、「まただ」と思った。なぜなら、顔がまた変わっていたからだ。もともと歳の割には幼い真由の顔が、なおいっそう幼く頼りなげになっている。しかも真由は、指をしゃぶって泣いていた。

「ママは？　アイちゃんのママは？」アイちゃんになった真由が宏治に言う。「おじちゃん、アイちゃん、ママのところに帰りたい」

おじちゃんと言われたのは心外だったが、宏治も今年三十三歳になった。四歳の子供から見れば、事実、立派なおじさんだろう。

「ママ、ママ……」

アイちゃんが、顔をくしゃくしゃにしてメエメエ泣きだす。

「おいおい、泣くなよ」

このあいだの晩の手袋女にも閉口したが、話が通じる大人であるだけ、まだ言葉で宥めすかすという誤魔化しもきいた。ところが、相手が頑是《がんぜ》ない子供となると、その手が通用しない。

「参ったなあ」

いかにメエメエ泣き続けられても、まさか頭を撫《な》でたり「いないいない、ばあ」をする訳にもいかない。ほとほと弱り果てていると、どうやら泣き疲れたらしいアイちゃんが宏治に言った。

「……お腹《なか》、空いた」

「え？　お腹空いた？」

宏治は料理人だ。材料さえあればたいがいのものは作れる。とはいえ、家ではほとんど料理をしないから、冷蔵庫のなかを覗いたところでろくなものがあろうはずがないし、いったい子供がどういうものを好むのか、宏治にはさっぱり見当がつかない。

「今から飯を炊いている暇はないし……そうだ。ラーメン食べるか？　カップラーメン」

「ううん。お菓子。アイちゃん、お菓子が食べたいの」

宏治は辛党だ。家に酒のつまみになるようなものは多少あっても、チョコやクッキーはもちろん、スナック菓子すら置いていない。

「お菓子って、どういうものが食べたいんだ？」

「たまひよビスケット。ハム太郎のグミ。それから……キティちゃんのラムネとか」

たまひよにしてもハム太郎にしても、キティちゃん同様、キャラクターの名前だろうと察しはついた。でも、もちろん宏治のところにそんな菓子はないし、コンビニに行ったところで、この子が言うような菓子が置いてあるかどうかも知らない。この子？——。

「お菓子。お腹空いた。おじちゃん、アイちゃん、お菓子が食べたい」

こうなれば、アイちゃん本人に、直接菓子を選んでもらうよりほかにない。宏治は、止《や》むなくアイちゃんを伴って、家から一番近いコンビニに出かけた。

「何でも好きなお菓子を買ってやる。だから、店で絶対に泣かないでくれよ」

宏治の言葉にこくんと首を縦に振りおろした真由は、見事なまでの四歳児だった。真由が、いや、アイちゃんが、やや不安げに宏治の手を握り締める。その手をすげなくふりほどく訳にもいかず、渋々アイちゃんと手をつないでコンビニにはいる。

真由は身長、百五十三、四センチだ。したがって、店員の目にも、よもや彼女が四歳かそこらの幼い子供に映ったということはあるまいが、宏治の手を握って放さないことといい、何やらたどたどしげな足取りといい、やはり奇妙なカップルに映ったことは事実だろう。おまけに「おじちゃん」――。

「どうだ？　ほしいお菓子、見つかったか？」

「うん。ハム太郎のはなかったけど、ポケモンのグミがあった。それから、ウサハナのラムネも。アイちゃん、キティちゃんも好きだけど、ウサハナも好き」

べつに悪いことをしている訳ではないのだから、おどおどする必要はない。でも、買ったものは、グミにラムネにＱｏｏとかいう子供用の飲み物、それにおじゃる丸のコーンスナックとおっとっとだ。宏治は冷や汗ものといった感じで、そそくさと支払いを済ませた。

店の外にでて、天を見上げて息をつく。蒸した夜空に霞んだ月が、遠くで宏治を嘲笑《あざわら》うかのように、ぽかりと宙に浮かんでいた。

「参ったなあ」

宏治は、真由を「ジタン」で拾ってきてからというもの、われ知らず何度か繰り返してきた台詞を、思わずまた口にしていた。

4

「久しぶりに電話があったと思ったら、まさかコウさんからそんな相談をされようとはね。驚いたわよ」

煙草の煙がしみたのか、知佳は渋そうに目をしばたかせて宏治に言った。知佳の煙草好きは相変わらずのようだった。

昼飯を奢《おご》るからと言って、知佳をカジュアルイタリアンの店に呼びだした。その種のことを相談できる人間といったら、知佳よりほかに思いつかなかったのだ。「ｔｏｔｏ」――、日本でもサッカーくじの愛称になっているが、イタリア語のトトカルチョからとった店名らしい。

「そりゃあからだの関係は持ったかもしれないけど、べつにコウさん、その子に借りがある訳じゃなし」あっさりと知佳は言った。「とっとと出ていってもらうのが、一番手っとり早い解決方法じゃないの？」

言われてしまえばその通りだ。一宿一飯の恩義ということで言ったら、恩義があるのは真由の方、肉体は宿賃と割り切ればいい。

ところが、素に戻った真由と対峙《たいじ》すると、どうもいけない。なまじ憑依されている時の記憶が真由にあるものだから、「コウさん、ごめん」と、気の毒なぐらいにしおたれる。

「それに、厄介になっているという気持ちがあるせいか、掃除、洗濯、料理……あいつなりにやっているしな」

「ひょっとしてコウさん、その子に惚《ほ》れたんじゃないの？」

「馬鹿言うなよ」顔を顰めて宏治は言った。「歩き巫女の生まれ変わりだぜ。そうなると、顔までがらりと変わっちまうんだから」

「ふうん、変貌現象か」

「変貌現象？」

知佳によれば、霊に憑依された人間の容貌が変わることを、専門的には変貌現象と言うのだという。霊媒の体孔からでるエクトプラズムという流動状のエネルギーが、その人間の容貌までをも、身にとり憑《つ》いた魂に近いものに変える――。

「エクトプラズム。そんなものがあるのか」

「サイコプラズムとも言われるけどね。ただし、科学的には未証明」言ってから、知佳は
ブルスケッタに齧《かじ》りつき、それからグラスの赤ワインをごくりと飲んだ。「でも、その子、本物なのかなあ。実は憑依体質じゃなくて、解離性同一性障害だったりして」

「何だよ、その解離性同一何とかって？」

「こっちは病気ね。俗に言う多重人格ってやつ」

言われてみれば、以前テレビでそんな番組を見た記憶があった。その時は、まさかそんな、と思って見ていたが、たしかに真由の変貌は、それに通じるところがある気がした。実際、明らかに人格が変わっているし、憑依という不気味で訳のわからないものよりも、まだしも多重人格という病気の方が、宏治としては気分的に落ち着きがいい。

「だけど、多重人格は、どっちかって言うと人格が変わっている時の記憶が、当の本人には薄いという傾向が強かったような」

「さすが知佳、その種のことに詳しいな」

感心して言うと、知佳に「感心している場合じゃないでしょ」と鋭く窘《たしな》められた。

「どっちにしてもムチャクチャ厄介」鼻のつけ根に皺《しわ》を寄せて、いくぶん憎々しげな顔で知佳が言った。「本当にひっつきむしなら、いくらお祓《はら》いをしてもらったところですぐにまたくっつけてくるだろうからきりがないし、もしも解離性同一性障害だとしたら、今度は医者に連れてかなきゃならなくなる。コウさん、その子にそこまでしてやる義理なんてある？」

ない。はっきり言って、全然ない。

「そもそも私には、何だかどうも怪しげに思えてならないのよね」続けて知佳が言った。「ひっつきむしだ何だっていうのは、本当はその子の演技でさ、全部計算ずくのことなんじゃないの？　職もお金も行くところもないから、何とか人に取り入ろうとする――」

「まさか」思わず目を見開いて宏治は言った。「それはあり得ないって。言ったろ、顔まで完全に変わっちまうって。あれが演技だとしたら、まさにアカデミー賞ものだよ」

「だってその子、歩き巫女で放浪癖があるんでしょ？　それならコウさんのところから、もう出ていったっていいじゃない？　なのにまだちゃっかり居すわってる。三週間以上になるって言った？　おかしいわよ」

「昔と今じゃ、時間の感覚が違うんじゃないか」

「コウさん、案外人がいいからなあ」

そう言った知佳の顔には、皮肉っぽい笑みが斜めに走っていた。日頃はこの種のお化け話が大好きだというのに、いざ実際となると、どうして女というのはこうも現実的で、おまけに辛辣《しんらつ》なのだろうかと、内心溜息をつく。

憑依体質、解離性同一性障害、計算ずくの完全な演技——、知佳の言葉で、宏治はより深く難解な迷路に迷い込んだような心地になった。

（あれが演技？　だとしたら、真由はとんでもない食わせ者だ。でも、ふつうあそこまでの演技は、自分でもこっ恥《ぱ》ずかしくてできないよな。それとも女っていうのは……）

その時の真由の様子を思い浮かべて考えれば考えるほど、ますますそれがどれに当たるのかの判断がつかなくなる。

「とにかく早く追いだした方がいいって」またぐびりとワインを飲み下して知佳が言った。

「子供の霊って、厄介だって言うからさ」

「そうなのか」

「大人なら、『あなたは死んだんですよ』って、きちんとことを分けて話せば納得する。でも、子供には道理が通じない。死んだってことの意味も、たぶんいくら説明してもわからないだろうしね」

それは宏治にも理解できる気がした。またアイちゃんがでてきたらと考えると、それだけで気が塞《ふさ》ぐ。コンビニから帰った後、宏治は「歩こう、歩こう、私は元気♪」とかいう、よく知りもしない歌を唄わされた。一緒に唄わないことには、どうにもアイちゃんが納得しなかったのだ。

「子供の霊ならまだいいけど」口のなかのものを咀嚼《そしやく》しながら、さくりと知佳が言った。

「動物霊なんかくっつけてきた日には、子供よりも話が通じなくてどうにもならない」

狐《きつね》、狸《たぬき》、犬、猫、熊……宏治の脳裏に、次々と動物の姿が浮かんだ。とたんにからだに怖気《おぞけ》が走り、うなじのあたりからぞわりと頭の毛が逆立つのがわかった。動物好きの人間にはわかるまいが、宏治はからだじゅうに毛が生えた生き物というのが大の苦手だった。ぬいぐるみでさえ気色悪い。

「すみませーん。魚介のピッツア、まだきてないんですけどお」

宏治の思いにはお構いなしに、目の前の知佳が、厨房に向かって威勢のいい声を張り上げた。

5

子供か動物、次にそのいずれかが真由にでてきた時が見切り時——、知佳と会って話をしたことで、宏治もようやく決心がついた。

ただし、真由のあれが憑依なのか病気なのか、それとも知佳の言うように演技なのか、その判断はいまもってつかない。

「コウさん、お気に入りのTシャツ、洗っておいたよ」

「えへ、今日はまたカレー。ごめんね。私、レパートリー少ないからさ」

「パチンコ行ってきたの？　あ、その様子だと、今日は勝ったんだ。やったね」

邪気のない真由の顔や様子を見ていると、なおさら宏治の頭は混乱をきたす。万が一、すべてが演技だとすれば、これほど業腹《ごうはら》なことはない。それに女が、自分が生きていくためとあらば、ここまで演技ができる動物だとしたら、宏治はだんだん女という生き物自体が、恐ろしくも忌まわしく思えてくる。

「だいたいね、自分からひっつきむしなんて言うのがさ」

「ｔｏｔｏ」で知佳が言った言葉が思い出された。

「虫なんてサイアク、大っ嫌い。だって、要は何かにとりついて、その命を食い尽くしていく生き物でしょ?」

「でも、ひっつきむしは、生きている虫じゃなくて植物だぜ。オナモミの実」

「だったら、その子、ひっつきむしじゃなくてひっつけむしじゃない」知佳は顎《あご》を突きだし気味にしてピッツアを食べながら言った。「自分がくっつくんじゃなくて、霊をくっつけてくるんだから」

言われてみればその通りだ。ひっつきむしではなくひっつけむし。

(まあ、どっちでも構いやしないけど)

宏治は心のなかで呟いた。

(歩き巫女の生まれ変わりなら生まれ変わりらしく、早いところ旅にでてくれないもんかなあ)

女が部屋にいる生活を、宏治はそれほど鬱陶《うっとう》しいとは思わない。真由が居ついてから、部屋は多少小ぎれいになった。それでもやはりこんなのはご免だ。それにアイちゃんがでてきてからというもの、宏治は真由に手がだしにくくなった。抱いている最中、もしも真由がアイちゃんに変わったらと考えると、気持ちが萎《な》えてしまうのだ。熟女も勘弁だが、宏治にロリコン趣味はまったくない。

「コウさんにも問題あるのよ」知佳は言った。「腕はあるんだし、もう歳も歳なんだから、いい加減どこかの店に腰を落ち着けなさいよ。このまんまじゃ、渡り板だか流れ板だかになって、素《す》っ堅気《かたぎ》とは見られなくなっちゃうわよ」

偉そうに、と苦々しく思う一方で、知佳の言葉には無視できないものがあった。あちこちの店を転々としている宏治は、たしかにすでに流れ板になりつつある。新たに勤め直しても、「どうせまたすぐにどこかに流れていくだろう」と、はなからあてにされなくなる。歩き巫女と流れ板、ある意味似た者同士だから、真由は宏治にくっついてきたのか。宏治のそばが、案外居心地よく感じられているのか――。

（もしかして俺も、何代か前の流れ板の人生を、たどり直しているんだったりしてな）

思った次の瞬間、急に気分がくさくさして、宏治は仏頂面で煙草に火をつけた。

6

遊び仲間と軽く飲んだ後、自分の部屋へ戻ってみると、何だか様子がおかしかった。いつもなら、「お帰りなさい」とでてくる真由の姿がなかったし、奥からはミャアミャアと、猫の鳴き声のような声が聞こえてくる。

（おい、勘弁してくれよ。まさか今度は化け猫じゃないだろうな）

靴を脱ぎ、恐る恐る部屋に足を踏み入れる。平たい顔、ぽてっとした唇……そこにいたのは猫でも化け猫でもなく、アイちゃんだった。

（またお前か）

苦りきった気持ちで思う。顔を見ただけで、アイちゃんとわかる自分も厭《いと》わしい。

「おじちゃん。アイちゃん、ママのところに帰りたいの。ママのところに連れていって」

べそを掻《か》きながらアイちゃんが言う。

「ママのところにって言われても、俺はママがどこにいるか知らないんだよ」

「なら、パパに迎えにきてもらって」

「だから、パパの連絡先も知らないんだよ」

えーん、と声を上げてアイちゃんが泣く。

「あのね」辟易《へきえき》しながらしゃがみ込み、アイちゃんと目線を合わせて言い含める。「かわいそう、本当にかわいそうだと思うよ。でも、アイちゃんは死んじゃったんだよ。この世に帰る場所なんかもうないんだよ。だから、パパやママのところにじゃなくて、天国に行くのが一番しあわせなんだ。わかるか。アイちゃんが帰るところは天国なんだよ」

知佳が言った通りだった。いくら嚙み砕いて説明したところで、たかだか四歳の子供に、死の意味などわかろうはずがない。アイちゃんは、びえーん、とさらに声を張り上げた。

「アイちゃん、帰る。ママのところに帰る」

今が見切り時だ——、宏治も肚《はら》を決めた。今夜で真由とはおさらば、バイバイ。

「わかった。ママのところに連れていってやる。だから泣くな。今、支度をするから、ちょっとの間、おとなしくそこで待ってろ」

言うが早いか、宏治は真由の大きなバッグに、真由の私物を手当たり次第に詰め込みはじめた。後で何かなくなったなどと言われては心外だから、部屋のなかはもちろん、洗面所やトイレまで隈《くま》なく見まわって、歯ブラシやティッシュの果てまでバッグに突っ込む。

「さあ、用意できた。アイちゃん、それじゃ出発だ。ママのところに行くぞ」

宏治は片方の手にバッグを持つと、もう一方の手でアイちゃんと手をつなぎ、慌ただしげに部屋をでた。歩いて七、八分のところに宮前公園というのがある。どうせ犬猫同然に拾ってきた女だ。拾ってきた時同様に、捨ててきたってバチは当たるまい。真由も公園でわれに返れば、きっとことの次第を悟るだろう。そばには荷物の詰まった自分のバッグもある。ああ、とうとう我慢ならなくなったコウさんに、私は放っぽりだされたんだ――。

「おじちゃん、まだ?」

「もうちょっとだ。もう少しでママと待ち合わせをしている公園に着く。だから頑張れ」

ようやく公園にたどり着こうかという時、前方からふらふらと、黒い人影が三つ、こちらに近づいてくるのが見えた。いやな予感が胸に走った。それというのも、その人影の姿かたちに、見覚えに等しいものがあったからだ。街灯が、彼らの顔を闇に白く浮かび上がらせる。

（やっぱり黒木に古沢、それに山口だ）

思わず宏治の口からチッと舌打ちが飛び、顔がひしゃげた。宏治が今、最も顔を合わせたくない人間たちと言ってよかった。三人とも、雀荘で知り合ったちんぴらもどきだ。麻雀での負け――、宏治は、彼らに合わせて三十万を超える借りがある。財布のなかにあった何枚かの札をだしてその場を凌いだきり、宏治は残りを払っていない。貯金はまだ食い潰していないから、三十数万の金が払えないということはなかった。にもかかわらず、知らぬ顔の半兵衛を決め込んだのは、最初に聞いていたよりもレートが高かったこと、加えて三人にハメられたというい やな後味が残ったからだ。いかさま麻雀。以後、その雀荘には近づかず、極力彼らの行動圏内を避けてきた。その三人に、よもやここで出くわそうとは――。

山口は、百キロを超す巨漢だ。それも単なるデブではなく、レスラー並みの体軀《たいく》をしている。力自慢、腕自慢の厄介な不良。

「井田、井田じゃねえか」髪を黄色く染めた黒木が、最初に宏治に気づいて言った。「てめえ、携帯の番号変えたろ？　おまけに言ってたヤサはでたらめじゃねえか。博打《ばくち》場での借金は、払わなくてもいいって頭か。ふざけやがって」

「バックレておいて、女と夜歩きかよ。それもちんけな女と手ェつないで」

「人をナメるのもたいがいにしとけよ」

酒がはいっているのがすぐにわかった。三人とも容易に血が沸騰しそうな顔をしている。

「申し訳ない」宏治は、素直に頭を下げて詫《わ》びた。「金は、二、三日うちに必ず払いにいく。だから、どうか今夜のところは……」

「見逃してくれってか？　馬鹿野郎。ひと月以上もとぼけて逃げていた野郎の言葉を、どうしていまさら『はい、そうですか』って信用できるんだよ」

「女連れだからって、恰好をつけてんじゃねえよ、このタコが」

「おめえみたいな野郎は、ちょっと痛い目見せないことには、ものごときっちり悟らねえんだよ」

言い終わるか終わらないかのうち、古沢のパンチが、宏治の左頬に飛んできた。衝撃に、思わずどすんと尻餅《しりもち》をつく。ついでのように、古沢が、腹にも一発蹴《け》りをくれる。

「嘘は言わない」宏治は言った。「間違いなく金は払う。だから、頼む。勘弁してくれ」

宏治は、ケンカは嫌いだ。もともと強くないということもあるが、まがりなりにも板前である以上、大事な商売道具である手指を痛めたくないという思いもあった。

「いいや、勘弁できねえなあ」

ここからがいよいよ自分の出番と言わんばかりに、古沢の背後から、山口の影が近づいてきた。黒い小山のような影自体が、どこかうきうきと嬉しげに見える。

「井田」山口が、地べたに坐り込んだ宏治の胸ぐらを摑んで言った。「よくもふざけた真似してくれたじゃねえか。これからたっぷりその礼をさせてもらうからよ」

敵は山口を含めた三人。いくら足掻《あが》いたところで勝ち目はない。駄目だ、完全にボコボコにされる——、恐怖に震えながらも観念しかけた時、不意に身の周辺の空気が、きゅっと引き締まったものに変わったのを感じた。

かたわらの真由の背が、何だか急にすっくと伸びたようだった。次の瞬間、真由の矢のようなパンチが、山口の鼻柱に一直線に突き刺さっていた。虚を突かれた山口が、鼻を押さえて真由を見る。その山口の顔を、続けて真由が足でがんがん蹴り上げる。真由の足から繰りだされるキックの回転の速さといったら、まるで機械仕掛けの人形のようだった。そのたびメキッ、メキッと山口の顔が発する音が、真由の蹴りの鋭さ、重さを物語っている。どうやら真由は、徹底して鼻を狙い撃ちにしているらしかった。

真由を見る。案の定《じょう》、がらりと顔が変わっていた。アイちゃんでも真由でもない。男か女かもわからない。これまで宏治が会ったことのない人間の顔だ。精悍《せいかん》にして剣呑《けんのん》、その目はいくぶん灰色がかっていて、いかにも酷薄そうだった。

〈顔だ、顔を蹴り上げろ！　いや、こんなもんは顔じゃない。サッカーボールだ、サッカーボール！　がんがんいけ〉

真由は口を開いていない。だが、宏治は、真由のなかの声を耳にしたように思った。

「て、てめえ！」

なかば呆《あ》っ気《け》に取られながらも、黒木や古沢が声を上げる。が、真由は、少しも動じることなくジャンプすると、手で顔を押さえてうずくまっている山口の後頭部に、駄目押しのような踵落《かかと》としを食らわせた。ギュウと、山口が声とも言えない声を上げて動かなくなる。直後、微塵《みじん》も迷いのない真由のまわし蹴りが黒木の腕を激しく打ち、その顔にもパンチが弾《はじ》けた。

〈左でジャブと見せかけて、続けてそのままストレート！　打ち抜くな。ヒットした瞬間に手を止めろ。その方が打撃がでかい。相手が怯《ひる》んだらエルボーだ。後頭部、首のつけ根を狙え！　クリーンヒットで一発失神だ〉

また宏治の耳に、真由のなかの声が聞こえてくる。その言葉通りに真由は動き、結果、黒木は地面の上にばたりと倒れ込んだ。

「な、何なんだ、この女？」

震えを孕《はら》んだ声で言いながら、古沢がやや後ずさる。

「ケンカ上等！」

今度は、はっきりと口を動かして真由が言った。その声は野太く、冷やかな凄味《すごみ》を孕んでいた。おまけに言うや否や、真由は古沢の鳩尾《みぞおち》に、見事な飛び蹴りを見舞っていた。ぐうと腹を押さえた古沢の頭を、今度は両腕で抱え込み、顎に容赦ない膝蹴りを連発する。

〈顔、とにかく顔！　顎なんか脆《もろ》いぞ、割っちまえ。これでこいつも戦意喪失だ〉

最後にこれで一丁上がりと言わんばかりの肘鉄《ひじてつ》が、古沢の顔のど真ん中に炸裂《さくれつ》した。その一撃で、古沢もずるりと膝から崩れ落ちた。

目の前には、ひくつきながら倒れている男が三人。真由は両手を腰に当てて、その光景を満足そうに眺めながら、ふう、とひとつ息をついた。身の内に鬱積していたエネルギーを思う存分に爆発させて、さも清々したと言わんばかりの表情だった。

暴力という場面に接して、真由の上にケンカ上等の魂を持った、相当のケンカ上手が出現したことは明白だった。本当ならば、宏治が彼らのような目に遭っていた。それを思えば、宏治は真由に救われたと言えるのだが——。

「真由」宏治は、真由の腕を摑んで言った。「逃げよう。とにかくここから逃げるんだ」

「あん？」真由が眉根を寄せ、顎を持ち上げて宏治を見る。「何？ 何言ってんだよ？」

「いいから。とにかく走れ。走るんだ！」

右手で真由の腕を摑み、左手にはバッグを持って走りだす。連中が息を吹き返しても、誰か人が通りがかっても、ことは面倒になるだけだ。とにかくこの場に長居は禁物だった。

部屋に向かって走るうち、突如がくんと真由の足取りが鈍く重たいものになった。かたわらの真由を見る。汗だくで、貧血を起こしたような色のない白い顔をしていた。ぐったりと疲れきった表情……顔だちは、すでに真由本来のものに戻っていた。

「真由、大丈夫か」

「ごめん。……私、また何かしでかしちゃったみたいね」はあはあと、苦しげに息をしながら真由が言う。「痛っ……手が痛い。膝もがくがく。駄目。私、もう走れない」

無理もなかった。魂はケンカ上等に入れ代わったかもしれないが、肉体は真由のままだ。あれだけ激しいパンチとキックを大の男相手に繰りだせば、当然、真由のからだにダメージが残る。じきに拳や足が、みるみる腫《は》れ上がってくるのではないか。最悪、骨にひびがはいったりしていなければいいのだが。

真由を抱えるようにして、やっとのことで部屋に着く。全身汗みずくであるにもかかわらず、もはや真由にはシャワーを浴びるだけの気力、体力も残っていなかった。部屋にはいるや否や、くたりとふとんの上に倒れ込む。

「う、参ったな。からだじゅうが痛い。何だか私、熱がでそう……」

「今、タオル持ってくるから」

真由は、宏治の代わりにこんな目に遭った。となれば、宏治が介抱してやらない訳にはいかない。宏治は、真由のからだの汗を拭いてやり、それからタオルでくるんだ保冷剤を額の上に載せてやった。

「眠れるようなら少し眠った方がいいぞ」

ふとんの脇に坐り込み、真由を見守る。疲弊しきった様子で喘《あえ》ぎ続ける真由の顔を見ているうち、何とも言いがたい複雑な思いが、雨雲のように宏治の胸にひろがりはじめた。

自然と宏治の顔が薄暗く曇り、表情も苦く険しいものになる。

先刻、たしかに宏治は真由のなかの声を聞いた。「私、ひっつきむしなんだ」と言っていた真由の言葉に嘘はなかったし、すべて演技などではなかったと、今ならはっきり断言できる。そうは言っても、とんでもなく厄介なものを拾ってきてしまったというのは、否定しがたい事実だった。

宏治は、真由に危機を救われた。が、あれだけの目に遭わされた黒木たちが、この先黙っている道理がない。恐らく彼らは血眼《ちまなこ》になって、宏治を探すことだろう。その時、そばに真由がいて、またうまいことケンカ上等の魂をくっつけてくれればいいが、ものごと、そう都合よく運ぶものではない。それに、奴らが見たのは、素の真由ではない。アイちゃんと、ケンカ上等の魂をくっつけた時の真由だ。仮に町で真由を見かけても、彼らはまさかあの時の女とは思うまい。したがって真由は安全、お咎《とが》めなしだ。一方、宏治は宏治、当然ながらそのままだ。奴らは宏治をちらりとでも見かけたら、二百メートル先からでもハイエナのようにダッシュしてくるに違いない。

(おい。これから俺は、こそこそ隠れるように暮らしていくのかよ。それとも、この町、出ていかなきゃなんないのか……)

胸に暗澹《あんたん》たる思いが溢《あふ》れ、宏治の顔色がますます暗く冴《さ》えないものになる。

「だったら、その子、ひっつきむしじゃなくてひっつけむしじゃない」

知佳が「ｔｏｔｏ」で言った言葉が、宏治の耳に甦る。知佳が言った通り、真由は霊をくっつけるひっつけむしだ。同時に、誰かにくっつくひっつきむしでもある。くっつかれた誰か——、それが宏治。

子供の頃、野原でさんざん遊んだ後、セーターやズボンを手で払い、枯れ葉に小枝など、すっかり落としてきたつもりが、家に帰ってきてみると、セーターにまだちゃっかりとオナモミの実がくっついていたことがあったのを思い出す。払い落としても払い落としても、くっついてくるひっつきむし。

（考えてみれば、あれも毛むくじゃらじゃねえか）

うう、と真由の口から小さな呻《うめ》きが漏れた。その瞬間、宏治はちょっと青臭いようなオナモミの実の匂いを、再び嗅いだように思った。

辻《つじ》灯《どう》籠《ろう》

1

かごめかごめ
籠《かご》の中のとりは
いついつでやる
夜明けの晩に
鶴と亀がつうべった
うしろの正面だぁれ

辻の家に住むようになってから、娘の素子《もとこ》がよく口ずさむようになった歌です。焦点の定まらぬまなこで「かごめかごめ」を唄うあの子の横顔は、三十半ばというおのが歳《とし》を忘れた幼な子のようであり、腑抜《ふぬ》けのようでもありました。しかしそれも致し方のないこと、何せ素子はこの世で最も愛する人間を、いきなり二人一緒にあちら岸へ持っていかれてしまった訳ですから。そんなことになったら誰だって少なくともしばらくは、完全な正気という訳にはいきますまい。

　馬鹿な父親だとお思いでしょう。ですが、素子があの辻に住みたいと言いだした時、わたしはそれに強く異を唱えることができませんでした。今にしてみれば、まさに自分の亭主と娘が交通事故に遭って命を落としたその辻に、何も家を建ててまでして住むことはなかろうに、とは思いますが。

　素子は母親を早くに亡くしているせいか、元々心に固い結び目のできやすい子でして、死んだわたしの母などは、「この子は女の子のくせに岩みたいなところがあるね」と、よく言っていたものでした。ちょっとしたことで頑《かたく》なになりやすいとでも言ったらいいのか、あの子の心には、そうしてできたしこりのような結び目が、容易にほどけぬままにいくつもあるということです。子供の時からそうでした。聞き分けがない訳ではないのです。しかし、自分の欲求を抑えるのに、人より倍も心に負担を強《し》いなければならないようなところがありました。たとえば素子が何かをほしいと言っても、わたしの母が我慢なさいと諭すとします。すると素子は一見素直に、黙ってそれに従います。ただし、よく見てみると、奥歯を噛《か》みしめ、両の拳を固く握り締め、必死に我慢をしている訳です。ひどい時にはひきつけを起こすのではないかと心配になるような青い顔をして、ぶるぶると身を小さく震わせていることもありました。だから母もわたしに言ったものです。肝心なところで素子に我慢を強いてはいかんよ。あの子が自分で「これだけは」という時は、素子の好きなようにさせてやらんと。でないとあの子の心は固まって、じきに砕けて壊れてしまう――。

　ですから素子がどうしてもあの辻に住むと言い張った時、わたしはあの子の澱《よど》んだ闇色をした目の色を見て、これが母の言っていた素子にとっての「これだけは」なのだと、直観的に悟った気がしてしまったのです。

　鎌倉古道、昔からの街道筋にある変則交差点のような辻です。かつてはこの道を通って、比企《ひき》の軍勢が鎌倉へ駆けつけていたのでしょう。今は埼玉から東京へはいる幹線道路になっていまして、大きなトラックがひっきりなしに行き交う、埃《ほこり》っぽいばかりの道路にすぎませんが。素子が家を建てたのは、その街道筋の、俗に「籠目《かごめ》が辻」と呼ばれている、三《さん》叉《さ》路《ろ》を更に道路が横切る交差点の中洲です。道路と道路に挟まれた三角形の中洲ですから、三角洲というのが正しいのかもしれません。昭和六十二年の道路整備の際の区画整理で、元のそれとは少し辻の位置がずれたとか。どうやら今素子の住んでいる三角洲が、元は辻のまんまん中、中心点に当たっていたらしいのです。今も三角形の頂点には小さな辻堂があり、石でできたくなどの神様が祀《まつ》られています。くなどの神様があるということは、昔はそこが東西南北の集落を岐《わけ》る意味深い辻だったことの証《あかし》でしょう。素子の夫、秀行と娘の沙織が交通事故に遭った当時は、辻には小さなコンビニが建っていまして、ほんの二、三台ではあるものの、車を駐《と》めるスペースも設けられておりました。秀行と沙織が何を買おうとしてそこに立ち寄ったのか、今となっては知る由もありません。何せ二人は車を降りて店にはいろうとした時、折しも突っ込んできたトラックに、押し潰《つぶ》されるみたいにして轢《ひ》かれ死んでしまった訳ですから。

どうしてそんな事故を起こしたのか、トラックの運転手もわからないと言っているそうです。よそ見をしていた訳でもなければ居眠りをしていた訳でもない、ハンドルだってきちんと握っていた。なのに気づいた時にはまるで磁石に吸い寄せられるように、中洲に突っ込んでしまっていたと。責任回避の言い逃れと言えばそう言えるでしょう。しかし運転手の言うことにも、一理あるように思えます。なぜならここでの事故は、それが初めてではないからです。初めてどころか、小さな事故も含めれば、コンビニができてから三年の間に、都合十回以上も事故が起きているというのです。命を落とした人間も、秀行と沙織の二人ばかりではありません。恐らく地形の問題なのでしょうが、事故の起きやすい場所なのだと思います。今回の事故で、店はまた滅茶苦茶になりました。地主でありオーナーでもある平木という人は、それでほとほと嫌気がさして、とうとう店を畳むことにしてしまいました。そこは元々平木さんの地所だった訳ではなく、区画整理の時に立ち退《の》きになった土地の代替地としてあてがわれた土地だと聞きました。

「使い途《みち》のない中洲を代わりにあてがわれて……おまけにこうしょっちゅう車が飛び込んでくるんじゃどうにもならない。こっちはおかみにババを摑《つか》まされたようなもんだ」

平木さんは近所の人に、よくそんなふうにこぼしていたようです。

素子は事故後しばらくすると、こともあろうにその土地を買って家を建てたのですから、酔狂では済まされないこと……やはりわたしが止めるべきだったのかもしれません。

2

どうして「籠目が辻」と呼ばれているのか、わたしもよくは存じません。昔はもっと道の入り組んだ、籠目模様をした辻だったと言う人もいます。籠目模様——、陰陽道《おんみようどう》の守護の星と似た形です。籠目模様にも特別な力があると言いますし、となるとあそこは、魔方陣の地形をした辻ということになるのかもしれません。

素子が今住んでいる三角洲は、底辺に較べて二辺が長い、細長いとんがり帽子のような地形です。従ってそう大きな家が建つ道理もなく、正方形の敷地をした素子の家は、コンビニよりも更にひと回り小さい、庵《いおり》か祠《ほこら》のような見てくれでした。夜など二階の部屋に電気がつくと、窓からみかん色をしたあかりがぼんやり表に漏れて、まるで辻の三角洲に大きな行灯《あんどん》か灯籠《とうろう》でも灯《とも》っているみたいだねと、地元の人たちは話しているようです。

秀行は勤め先が保険会社でしたから、自身にもたっぷり保険をかけていましたし、素子も手に職があり、働きさえしたら食うに困ることはありません。地主の平木さんがうんざりして手放したがっていた土地だけに、売り買いの話はとんとん拍子、そこを手に入れることは素子にとって、金銭的にもそう難しいことではなかったのです。

住むに不便なところではありません。私鉄の駅から歩いて十二、三分、周辺にはスーパーも郵便局もあります。わたしは今、ひばりが丘の素子の兄のところに身を寄せていますが、駅から歩く距離も時間も素子のところと変わりません。が、どういうものか、素子の家の方がはるかに遠く感じられます。駅に降り立ち歩いてゆけど、いつまで経っても道半ばにしか至らぬ感じ……しかし、ようやく辿《たど》り着いて腕の時計に目を遣《や》れば、やはり十二、三分しかかかっていないのですから妙なものです。道のりが遠く感じられるだけでなく、あそこへ行くのは肉体的にも本当にしんどい。少しばかり大袈裟《おおげさ》に言うならば、一遍素子の家へ行くたびに、わたしは寿命をひと月分かふた月分消耗したみたいな心地になります。とはいえ元々が陰に籠《こ》もりやすく、固まりやすい性分のこと、今回あの子が心にとりわけ大きな結び目を作ったであろうことは、想像してみるまでもありません。頭の箍《たが》がはずれてしまいそうになるのを堪《こら》えながら、素子がひとり懸命に暮らしているのだと思えば、親として気にならないはずもなく、それゆえわたしは時々辻の家へと通うようになった次第でした。

事故後、素子はまず言葉数が少なくなりました。自ら外の世界と自分とを隔てる目には見えない壁を設けてしまったようで、こちらの言葉が耳にはいっていない、目は見開かれていても目の前の現実を映していない――、見ていてそんな感じがしたことです。ひとりで「かごめかごめ」の歌を口ずさむ様子を見ても、危うい感じは否めませんでした。が、あそこの家へ引っ越して、どのくらいが経った頃からだったでしょうか、素子の様子にそれとはまたまったくべつの、明らかな変化が見えはじめたのです。訪ねてゆくたび、あの子の顔が変わっているようになりました。いえ、よく見れば顔だち自体は変わっておらず、やはり素子は素子なのですが、顔つき、表情、目の配り、ちょっとした顔の筋肉の動かし方、喋《しゃべ》り方、笑い方……以前の素子とは何もかもが違ってしまっているのです。そんな娘の様子を目の当《ま》たりにして、人が変わるとはこのことかと、わたしははじめて悟ったような気がしました。しかも特定の誰かに変わってゆくというのではなく、見るたび人はまちまちという具合で、童女のような時もあれば妙に婀娜《あだ》っぽい時もあり、また投げやりというよりは捨て鉢と言うにふさわしい感じのすることもあり、時によってはひどく卑しげですらありました。きわめて身近な人間がよその人間の顔を持ち、まったく違った人格を垣間見《かいまみ》せる時ぐらい、肌の粟立《あわだ》つこともありません。もしも自分の夫や息子が酒や薬で自分を失ってふだんとはまるきりべつの人格になり、目の色さえもが違って見えたら、人は見知らぬ人間と対峙《たいじ》している以上に慄然《りつぜん》とし、心寒々とするような絶望感を覚えるものではないでしょうか。わたしの素子に対する思いも同じでした。慄然とし、次いで自然と肩が落ちるような心持ちになりながら、これが多重人格障害というものかと考えたりもしました。素子はあんまり自分の気持ちを内に押しこめすぎて、それでおかしくなってしまったのだと。

　医者にも連れてゆきました。が、医者は、何でもないと言うのです。実際、医者に行く時の素子はふつうです。電車を乗り継ぎ病院へ向かううち、いつしか元の素子に戻ってしまうのです。とはいえ、いかに何でもないと言われても、スカートをたくしあげて胡座《あぐら》を組み、昼間っからコップ酒をあおりながら花札占いに興じている娘を見て、心配にならない親もないでしょう。しかも素子はぼりぼりと乱暴な調子で頭を掻《か》き、ちぇっと舌打ちをして札を投げ捨てながら、「今日はツイてねえなぁ」とひとりごちたりするのです。

　それよりもっと驚いたのは、素子が明らかに家に男をひっぱり込んだ気配を感じた時です。素子のところは、下がひと間と風呂、便所、台所。上がひと間と物入れという狭い家です。ですから、一階二階、両方に上がりさえしたら、家で何が行われているかは一目瞭然というものです。二階に上がってみて、正直わたしは愕然《がくぜん》としました。敷かれたままの床《とこ》は乱れ、そこで繰りひろげられた情交を、うるさいぐらいに語っていました。枕元のビールの空き缶、吸殻を抱えた灰皿、丸められたティッシュの溢《あふ》れるゴミ箱……目に見えるものもさることながら、部屋には饐《す》えたような匂いがたちこめて、空気自体を澱ませていました。あれは男の汗と体臭、それに体液の混じり合った匂いです。素子のそれも混じっていたかもしれません。白いシーツも心なしか汗ばんだ色をして、見ると女の長い髪の毛ばかりではなしに、男の短い頭髪も幾本か落ちていました。

夫と子供を失った素子が、失意のうちにもべつの男性とめぐり逢い、互いに愛し合うようになったというのなら、わたしもそれを喜びます。けれども、部屋の様子からは爛《ただ》れた性の営みばかりが感じられ、頽廃《たいはい》の匂いよりほか嗅ぎ取ることができません。独り身の寂しさに耐えかねて、素子がどこぞの男と一夜を共にしてしまったとしても、それもまた責められることではないでしょう。でも、素子はそういう女ではないのです。昔からその種のことにかけては大変におくてで、ちょっとしたことにも身を固くするような娘でした。結婚をして子供も産んだのですから、素子も娘から女へと、父親のわたしが知らないうちに変わったのだとは思います。しかし、あの子は結婚後も、いたって貞淑な妻であり、生《き》真面目《まじめ》な母親でした。元来人間が几帳面《きちょうめん》と言うか、潔癖性に近い性分の持ち主なのです。その素子が寂しさに耐えかねて、身を慰めんがために男を銜《くわ》え込むなど、とうてい考えられないことでした。とはいえ目の前の部屋の光景は、いかにわたしが否定しようとしたところで、それを許さぬぐらいにはっきりと情交の跡を伝えている……失意は禁じ得ませんでした。

茫然《ぼうぜん》と部屋の様子を眺めた後、ふとうしろを振り返ると、部屋の入口の壁に腕をかけて、半ばからだを凭《もた》せかけるようにして立っている素子がいました。その様子はひどく気だるげで、ひと夜に幾人もの男に揉《も》みくちゃにされたからだを、持て余しているといわんばかりの風情《ふぜい》でした。男親のわたしに見て取られたことに慌てるでもなく、素子の昏《くら》い瞳は、いくらかわたしをなめているようですらありました。

「素子……」おのずとかすれる声でわたしは言いました。「男とつき合うことが悪いとは言わない。しかし、つき合うなら少しは先の見込みのある男と――」

言い終わらないうち、さくっと実が弾《はじ》けるような勢いで、素子はけたけたと笑いだしました。その声は異様に甲高《かんだか》く、今までには耳にしたことのないような笑い声でした。やがて素子はすっと笑いを内に引き取ると、冷えた眼でわたしを見据えて言いました。

「つき合う？　馬鹿なことを言うんじゃないよ。こっちは商売でやってるんだ。女はね、股を開けば倉が建つんだ。――食べていくためだよ。でなくてどうして男となんか寝るもんかっ」

女郎がほかの客をとったことを馴染《なじ》みの客に責められて、開き直って凄《すご》んでいるかのような勢いでした。わたしは、危うく腰を抜かすところでした。わたしの目に映ったのは、まったく見知らぬ女の顔でした。

3

見るたび人が違っているような素子のことは、籠目が辻の近辺でも、徐々に有名になりつつあるようでした。わたしは知らずにいましたが、あの子はたそがれ時になると、辻のくなどの神様の辺りに立つらしいのです。しばし惚《ほう》けたように立ち尽くしていたかと思うと、奇妙な歌を唄いだしたり、口上らしきものを声高にまくしたててみたり、念仏踊りをしてみたり、かと思うと道ゆく男やトラックの運転手相手にしなを作って声をかけてみたり……日によって素子の振る舞いは違いますが、いずれにしても尋常ではありません。辻の女は少し頭がおかしいと、近所の人たちは声を潜めながらも、さかんに噂《うわさ》しているようでした。

それを教えてくれたのは、昔から籠目が辻の近くで「しげ乃」という和菓子屋を営んでいる、豊岡マサという名の八十二歳の老女でした。何度か立ち寄ったことがあったものですから、わたしが素子の父親であることを、自然と承知していたのでしょう。

「ひとはあんたの娘さんが気が触れてるようなことを言って噂しているようだけど、べつに本当に気が触れている訳じゃない。あれはいっときのたぶれみたいなもんですよ」マサさんはわたしに言いました。「あんなところに住んでいるからおかしくなるんです」

辻君《ぎみ》、辻芸、辻占《うら》、辻斬り、辻説法……マサさんは、次々「辻」のつく言葉を口にのぼらせました。何でも辻というのは元々からしてが無主無縁の地、いわば完全なる治外法権の地であって、天子さまであろうが将軍さまであろうが、いかなる時の権力者であれ、手を出すことのできない土地なのだそうです。

「昔、辻斬りが横行したのだって、辻がおかみの手出し一切なしというところだったからですよ。取り締まりがないからこそ、旅ゆく人ばかりでなしに、遊芸人、夜鷹《よたか》、坊さん……みんな一日の食い扶持《ぶち》を稼ぎに集まってきたんです」

おかみが手出しをしなかったのは、手を出しようにも出せなかったがゆえのこと。なぜなら辻はあの世からこの世への通い路、泉の如くにあの世からの力が湧き出していて、人の介入を頑なに拒んで止《や》まないから——。

「辻はね、誰のものでもないし誰のものにもできない土地なんです。なのにそこをわがものとして、家を建てて住もうとしたりするからああいうことになる」

マサさんの話自体は面白かったです。けれども、実のところわたしは戸惑っていました。それと素子のたぶれとが、いったいどう結びつくのか……。余程わたしがぽかんと間の抜けた顔をしていたのでしょう、マサさんは幾分じれったそうに言いました。「わかりませんかねぇ。辻にはあの世の人が出るんです。あの世の人は自分にからだがないから、入れ代わりたち代わりあんたの娘さんのからだを借りていく。言ってみたら今の娘さんは霊の容《い》れ物ですよ。だからしょっちゅう人が変わったみたいになっておかしくなる」

わたしぐらいの歳になりますと、老いた肉体を抱えていることが時としてしんどくてなりません。けれども、肉体を失ってしまった霊たちは逆に、肉体を持たないことが何より寂しくてならない。からだがなければ、ものを食べることも酒を飲むことも、男に抱かれることも女を抱くこともできない――。マサさんの言っていることの意味はわかります。だからといって素子が人が変わったようになる理由をそこに見出《みいだ》すというのは、少なくともわたしにとっては無理がありました。だって、霊があの世から入れ代わりたち代わり素子のからだを間借りしにきているなど、にわかに信じられる話ではないでしょう。それよりは、最愛の夫と娘を一度に失ったために少々神経を病んでしまったと考えるのが、やはりふつうというものです。

「まあいいわ」わたしの顔色を見て取って、いささか投げたような調子でマサさんは言いました。「だけどこの籠目が辻というところは、昔っからあの世からの力がとりわけ強い辻で、わたしの子供の時分にも、辻で遊んでいた子供が何度か神隠しに遭っているんです。ことに逢魔《おうま》が刻《とき》のたそがれ時はいいことがない。だからわたしは決して辻では遊ばなかった。――ま、せいぜい娘さんの様子に気をつけて差し上げることです」

暇な年寄りの与太《よた》話につき合わされて時間を食った……半分そんな思いを抱きながら、「しげ乃」で買った饅頭《まんじゆう》を手に、わたしは素子の家を訪ねました。

下の部屋に、素子の姿はありませんでした。けれども二階にたしかに人の気配がある。ただし、ずかずか立ち入ることも声をかけることもためらわれるような、何か秘めやかな空気が、重たるくたゆたっているようでした。息を詰め、足音を殺しながら、わたしは階段を上がってゆきました。

いかついからだつきをした裸の男が、延べられた床の上で、素子のからだを組み敷いていました。部屋に充満したぬめぬめと湿気た空気が、男が昨晩からの客であることを告げているようでした。もう昼も過ぎ、そろそろ日も西に傾こうというのに、男はなおも素子のからだに食らいつき、その肉を貪《むさぼ》り尽くそうとしている……わたしはからだが震えました。男の吹き出ものので た汚い背中の向こうには、汗でねっとりと髪を額にはりつかせた素子の顔が見えました。あの子は唇を血の気で赤く染め、半開きにした口から湿った息をさかんに漏らしながら、一心に男のからだにしがみついていました。やがて素子の二本の白い太ももがにょっきり現れいで、自分から男の腰にしっかりと絡みつくのが見えました。父親として、とても正視に堪えるものではありませんでした。わたしはあとずさるみたいにして階段を降り、そのまま辻の家を後にしました。素子はどうかしてしまった、あの子は壊れてしまった……脇目も振らずに駅への道を歩きながら思いました。素子の上気した顔が網膜に焼きついて、それからしばらくの間、わたしは素子の家を訪ねることができませんでした。

4

訪ねる勇気が持てぬまま、うじうじ逡巡して過ごすうち、いつしかお盆がめぐってきていました。一緒に迎え火をしてやるつもりが、どうにも足が竦《すく》んで前に出ず、とうとうお盆の入りには行き損なってしまいました。が、せめて送り火だけは共にしてやらねばと、わたしは鉛のように重たい腰を上げ、久しぶりに素子のもとへ向かいました。

日は、まだ暮れていませんでした。しかし、外から見ると素子の家の窓にはすでにあかりが灯り、何やら温かげな雰囲気が伝わってくるようでした。少なくとも今あの家のなかで、淫靡《いんび》な営みは繰りひろげられていない――、あかりの色にその確信を得て、私は家のドアを叩きました。

「ああ、おとうさん。遅かったのね」

玄関口に出てきた素子は浮かれた顔をしていて、黒目も濡《ぬ》れて艶《つや》やかでした。頬にも笑みを照り輝かせながら、続けて素子は言いました。

「さあ、上がって、上がって。もうみんなきているのよ」

もうみんなきている？……訝《いぶか》しく思いながらも靴を脱ぎ、わたしはなかにはいりました。

素子の言った通り、下の部屋には、この狭い家にどうしてこれだけの人間が集《つど》えるのかと不思議になるほど、大勢の人が集まっていました。訳がわからぬまま坐らされ、わたしも宴と人の輪に加わりました。それにしてもこの人たちは、いったいどこの誰なのか……

わたしはふと自分の隣の人間に目を遣りました。驚いたことにわたしの隣には、もう疾《と》うの昔に亡くなった、妻の千代子が坐っていました。千代子は死んだ当時のまま、三十一の若さでわたしにぼんやり頬笑みかけています。はっとなって前を見ると、正面の素子の隣には、秀行と沙織が坐っているではありませんか。二人とも、しあわせそうな顔をして笑っています。奥の方にいるのは親父にお袋……病気で早くに死んでしまいましたが、素子が仲良しだったサッちゃんもいます。

「だから言ったでしょ」素子がわたしに言いました。「わたし、ここに住みたいって」

酒を飲んだ訳でもないというのに、急に酔いが回ったようになり、わたしは一気に酩酊《めいてい》してしまいました。千代子が、秀行が、沙織が……みんなここにいる道理がない。しかし、現にいるものは否定できない——。わたしは酔いのなかを漂うように千代子と思い出話をし、秀行や沙織と久闊《きゅうかつ》を叙《じょ》し、親父やお袋と手を取り合いました。次第に不思議さは失せてゆき、いつしかわたしはその場の靄《もや》った空気のなかに、心地よく溺《おぼ》れていったようでした。

いったいどれだけの時間が流れたのでしょう。やがて、素子がぼそりと言いました。

「ああ、もう、こんな時間。そろそろみんな、順番に帰らないと……」

その言葉に促されるように、人々がぞろぞろと家の外に出はじめました。千代子も沙織も、親父もお袋も、みんな表に出ていきます。おいてけぼりを食ってなるものかと、わたしもみなに従いました。外に出ると、人々はそれぞれ手を繋《つな》ぎはじめました。事情が呑み込めぬまま、わたしも右手で千代子の手を、左手で沙織の手を握りました。やがて暗い辻に、大きな人の輪ができました。輪の連なりに、素子の姿はありませんでした。あの子は輪のまん中にしゃがみこみ、両手で顔を覆っています。そして歌がはじまりました。辻に住むようになってから、素子がいつも口ずさんでいたあの歌でした。

かごめかごめ
籠の中のとりは
いついつでやる
夜明けの晩に
鶴と亀がつうべった
うしろの正面だぁれ

鬼は永久に素子です。当てられた人たちは、ちょっと哀しげな色を目に浮かべてから、闇のなかに溶けるように消えてゆきます。一人消え、二人消え……輪はだんだんに小さくなってゆきます。何度目のかごめかごめの歌だったでしょう、気づいてみると、素子の真うしろに立っているのは、ほかでもない、このわたし自身でした。うしろの正面だぁれ……。

「おとうさん！」

素子の嬉々とした声が夜の辻に響きました。しまった、当てられた――、いっぺんに正気に戻ったようになって、わたしは全身に冷や汗を噴き出させました。当てられてはいけなかった、輪に加わってもいけなかった。なぜならわたしは、まだ生きているのだから。

次の瞬間、不意にからだが軽くなったような心地がして、闇に吸い込まれるように奈落に落ちてゆきました。そのままどうやらわたしはしばしの間、気を失っていたようです。

それからです、素子の家への通い路が、疲れるものではなくなったのは。道のりはもうさほど遠くもなく、からだがしんどいということもありません。今はむしろ、あの辻へ出かけてゆくのがわたしは楽しい。けれどもそれは、どこか虚《むな》しいような楽しさです。だからわたしは言うのです。たそがれ時に、辻に立ってはいけません。辻で遊んでもいけません。

夜の籠目が辻の素子の家は、灯籠のようにきれいです。


（本作品集はフィクションであり、実在の個人・団体などとは一切関係がありません）

■初出一覧

タミちゃん　問題小説（小社発行）09年11月号
ドリーマー　問題小説05年1月号
化　粧　問題小説06年10月号
同級生　問題小説04年4月号
増　殖　問題小説02年10月号
えんがちょ　問題小説07年3月号
ひっつきむし　問題小説06年6月号
辻灯籠　小説すばる（集英社発行）01年1月号

徳間文庫をお楽しみいただけましたでしょうか。どうぞご意見・ご感想をお寄せ下さい。

宛先は、〒105－8055　東京都港区芝大門2－2－1　㈱徳間書店「文庫読者係」です。

徳間文庫

フェイク

2010年1月15日 初刷

著者 明《あけ》野《の》照《てる》葉《は》

発行者 岩渕徹

東京都港区芝大門二—二—二〒105—8055

発行所 株式会社徳間書店

電話 編集〇三(五四〇三)四三五〇
販売〇四八(四五一)五九六〇

振替 〇〇一四〇—〇—四四三九二

印刷
製本 図書印刷株式会社

ISBN978-4-19-893091-2 (乱丁、落丁本はお取りかえいたします)

フェイク　明野照葉
葉隠三百年の陰謀　井沢元彦
義経はここにいる　井沢元彦
赤・黒　石田衣良
うつくしい子ども　石田衣良
波のうえの魔術師　石田衣良
ブルータワー　石田衣良
金融探偵　池井戸潤
クラリネット症候群　乾くるみ
殴られ屋の女神　池永陽
風の柩　五木寛之
死後結婚　岩井志麻子
「萩原朔太郎」の亡霊　内田康夫
夏泊殺人岬　内田康夫
「首の女」殺人事件　内田康夫
美濃路殺人事件　内田康夫
「信濃の国」殺人事件　内田康夫
北国街道殺人事件　内田康夫
鞆の浦殺人事件　内田康夫

城崎殺人事件　内田康夫
戸隠伝説殺人事件　内田康夫
隅田川殺人事件　内田康夫
御堂筋殺人事件　内田康夫
「横山大観」殺人事件　内田康夫
「紅藍の女」殺人事件　内田康夫
隠岐伝説殺人事件㊤　内田康夫
隠岐伝説殺人事件㊦　内田康夫
シーラカンス殺人事件　内田康夫
「紫の女」殺人事件　内田康夫
漂泊の楽人　内田康夫
死線上のアリア　内田康夫
佐渡伝説殺人事件　内田康夫
琵琶湖周航殺人歌　内田康夫
歌わない笛　内田康夫
白鳥殺人事件　内田康夫
「須磨明石」殺人事件　内田康夫
風葬の城　内田康夫
平城山を越えた女　内田康夫

透明な遺書　内田康夫
琥珀の道殺人事件　内田康夫
ユタが愛した探偵　内田康夫
神戸殺人事件　内田康夫
倉敷殺人事件　内田康夫
若狭殺人事件　内田康夫
江田島殺人事件　内田康夫
津軽殺人事件　内田康夫
怪談の道　内田康夫
ふりむけば飛鳥　内田康夫
小樽殺人事件　内田康夫
津和野殺人事件　内田康夫
上海迷宮　内田康夫
佐用姫伝説殺人事件　内田康夫
Escape 消えた美食家　内田康夫
菊池伝説殺人事件　内田康夫
されど修羅ゆく君は　打海文三
兇眼 EVIL EYE　打海文三
愛と悔恨のカーニバル　打海文三

徳間書店

背徳経営　江上剛
隠蔽指令　江上剛
東京騎士団　大沢在昌
シャドウゲーム　大沢在昌
悪夢狩り　大沢在昌
死角形の遺産〈新装版〉　大沢在昌
パンドラ・アイランド 上　大沢在昌
パンドラ・アイランド 下　大沢在昌
七日間の身代金　岡嶋二人
99％の誘拐　岡嶋二人
ヘッド・ハンター　大藪春彦
暴力租界 上　大藪春彦
暴力租界 下　大藪春彦
沈黙の刺客　大藪春彦
血の挑戦　大藪春彦
非情の標的　大藪春彦
俺に墓はいらない　大藪春彦
黒豹の鎮魂歌〈新装版〉　大藪春彦
裁くのは俺だ　大藪春彦

みな殺しの歌〈新装版〉　大藪春彦
凶銃ワルサーP38〈新装版〉　大藪春彦
長く熱い復讐 上〈新装版〉　大藪春彦
長く熱い復讐 下〈新装版〉　大藪春彦
獣を見る目で俺を見るな〈新装版〉　大藪春彦
凶銃ルーガーP08〈新装版〉　大藪春彦
戻り道はない〈新装版〉　大藪春彦
実録広島極道刑事　大下英治
木曜組曲　恩田陸
禁じられた楽園　恩田陸
秋の童話〈完全版〉上　オ・スヨン
秋の童話〈完全版〉下　オ・スヨン
特命医療捜査官　門田泰明
必殺弾道 警視庁特命狙撃手　門田泰明
黒豹スペース・コンバット 上　門田泰明
黒豹スペース・コンバット 中　門田泰明
黒豹スペース・コンバット 下　門田泰明
帝王コブラ　門田泰明
帝王コブラ2　門田泰明

黒豹夢想剣　門田泰明
黒豹忍殺し　門田泰明
黒豹必殺　門田泰明
さらば黒豹　門田泰明
黒豹キルガン　門田泰明
黒豹列島　門田泰明
黒豹伝説　門田泰明
黒豹ダブルダウン 1　門田泰明
黒豹ダブルダウン 2　門田泰明
黒豹ダブルダウン 3　門田泰明
黒豹ダブルダウン 4　門田泰明
黒豹ダブルダウン 5　門田泰明
黒豹ダブルダウン 6　門田泰明
黒豹ダブルダウン 7　門田泰明
タスクフォース 上　門田泰明
タスクフォース 下　門田泰明
ダブルミッション 上　門田泰明
ダブルミッション 下　門田泰明
続存亡　門田泰明

暗黒の挽歌	勝目梓
密室の狩人	勝目梓
罠	勝目梓
夜の牙〈新装版〉	勝目梓
黒の弔い	勝目梓
赤い縄	勝目梓
悪虐	勝目梓
淫夢はほほえむ	勝目梓
忘れる肌	神崎京介
盗む舌	神崎京介
横好き	神崎京介
関係の約束	神崎京介
けだもの	神崎京介
竜とわれらの時代	川端裕人
ギャングスター・レッスン	垣根涼介
夜より遠い闇	北方謙三
傷だらけのマセラッティ	北方謙三
水色の犬	北方謙三
標的	北方謙三
夜よおまえは	北方謙三
愚者の街	北方謙三
烈日	北方謙三
火焔樹	北方謙三
明日なき街角	北方謙三
いつか時が汝を	北方謙三
錆	北方謙三
共犯マジック	北森鴻
アブラムスの夜	北林優
裁かれざる殺人	霧崎遼樹
虚ろなる冤罪	霧崎遼樹
長く冷たい眠り	北川歩実
CURE〔キュア〕	黒沢清
黄昏の名探偵	栗本薫
警視庁心理捜査官㊤	黒崎視音
警視庁心理捜査官㊦	黒崎視音
六機の特殊	黒崎視音
交戦規則ROE	黒崎視音
月に吠えろ！	鯨統一郎
半魔	黒武洋
新参教師	熊谷達也
人狼	今野敏
逆風の街	今野敏
闇の争覇	今野敏
赤い密約	今野敏
義闘	今野敏
宿闘	今野敏
邀撃捜査	今野敏
徒手捜査	今野敏
最後の封印	今野敏
最後の戦慄	今野敏
京都「細雪」殺人事件	木谷恭介
京都木津川殺人事件	木谷恭介
京都呪い寺殺人事件	木谷恭介
長崎キリシタン街道殺人事件	木谷恭介
京都小町塚殺人事件	木谷恭介
襟裳岬殺人事件	木谷恭介
京都吉田山殺人事件	木谷恭介

徳間書店

カリスマ 上　新堂冬樹
カリスマ 下　新堂冬樹
溝鼠　新堂冬樹
三億を護れ！ 上　新堂冬樹
三億を護れ！ 下　新堂冬樹
毒蟲 vs. 溝鼠　新堂冬樹
熱球　重松清
KAPPA　柴田哲孝
RYU　柴田哲孝
ぼくらの第二次七日間戦争　宗田理
再生教師　宗田理
ぼくらの第二次七日間戦争 グランド・フィナーレ！　宗田理
流星航路　田中芳樹
ウエディング・ドレスに紅いバラ　田中芳樹
アップフェルラント物語　田中芳樹
銀河英雄伝説 1 黎明篇　田中芳樹
銀河英雄伝説 2 野望篇　田中芳樹
銀河英雄伝説 3 雌伏篇　田中芳樹
銀河英雄伝説 4 策謀篇　田中芳樹

銀河英雄伝説 5 風雲篇　田中芳樹
銀河英雄伝説 6 飛翔篇　田中芳樹
銀河英雄伝説 7 怒濤篇　田中芳樹
銀河英雄伝説 8 乱離篇　田中芳樹
銀河英雄伝説 9 回天篇　田中芳樹
銀河英雄伝説 10 落日篇　田中芳樹
銀行人事部　高杉良
大脱走　高杉良
管理職降格　高杉良
明日はわが身　高杉良
挑戦つきることなし　高杉良
懲戒解雇〈新装版〉　高杉良
小説 新巨大証券 上　高杉良
小説 新巨大証券 下　高杉良
小説 消費者金融　高杉良
〈新版〉欲望産業《小説・巨大消費者金融 上》　高杉良
〈新版〉欲望産業《小説・巨大消費者金融 下》　高杉良
勇者たちの撤退　高杉良
労働貴族　高杉良

濁流 上　高杉良
濁流 下　高杉良
首魁の宴　高杉良
明日、月の上で　平安寿子
なんにもうまくいかないわ　平安寿子
命の遺伝子　高嶋哲夫
あじあ号、吼えろ！　辻真先
アウトリミット　戸梶圭太
ドクター・ハンナ　戸梶圭太
天国の罠　堂場瞬一
スクランブル イーグルは泣いている　夏見正隆
スクランブル 要撃の妖精　夏見正隆
スクランブル 復讐の戦闘機 上　夏見正隆
スクランブル 復讐の戦闘機 下　夏見正隆
スクランブル 亡命機ミグ29　夏見正隆
ベッドの中の他人　夏樹静子
あしたの貌　夏樹静子
アリバイの彼方に　夏樹静子
訃報は午後二時に届く　夏樹静子